S. E. DURRANT

Der Himmel über Appleton House

Aus dem Englischen von Katharina Diestelmeier

Für Duncan, Rosie und Oliver

Heute

Die vorliegende Geschichte spielt zu einer Zeit, als mein Leben ziemlich durcheinandergeriet. Zwar war es auch vorher nicht gerade in geordneten Bahnen verlaufen, aber eine Weile lang fühlte es sich an wie der Augenblick, wenn ein Clown mit Tellern jongliert und sie alle gleichzeitig hoch oben in der Luft sind. Dann bleibt einem nur, den Atem anzuhalten und zu hoffen, dass sie nicht auf dem Boden zerspringen.

Entstanden ist diese Geschichte aus den Tagebüchern, die ich geführt habe, als Zac und ich Kinder waren. Ich schrieb damals Tagebuch, weil ich das Gefühl hatte, dass wir nahezu unsichtbar waren, und ich sicherstellen wollte, dass unsere Geschichte nicht verloren ging. Außerdem hatte ich die Hoffnung, dass sich das Leben für das kleine, ungeliebte Mädchen, das ich damals war, und meinen noch kleineren, ungeliebten Bruder verbessern würde. Und sollte das Leben nicht besser oder wenigstens interessanter werden, würde ich es eben ausschmücken und Hexen, Schlösser und rasante Autofahrten hinzuerfinden. Aber das war gar nicht nötig. Das Leben wurde von ganz allein aufregend.

Meine Geschichte beginnt in Skilly House. Etwas Wilderes als den Garten dort hatte ich noch nie gesehen. Die Rasenfläche war so groß, dass man darauf herumtoben konnte, und umgeben von einem dornigen Geflecht aus Gestrüpp und Gebüsch, aus rankendem Efeu und einer Winde, die im Sommer die Mauern hinaufkletterte und den Garten mit Blumen schmückte. Es gab einen kleinen zugewachsenen Teich, der mit Maschendraht abgedeckt war, und dann war da noch der umgestürzte Baum.

Im Haus selbst habe ich mich nie richtig wohlgefühlt – dort gab es zu viele Geister –, aber der Garten war etwas ganz Besonderes. Es war der erste Ort, an dem ich wirklich glücklich war. Ich glaube, Zac ging es ähnlich. Auch wenn wir ursprünglich gar nicht dort hinwollten …

Skilly House

OKTOBER 1987

Ich heiße Miracle – Wunder –, aber das behalte ich für mich. Der Name ist peinlich, vor allem für ein Pflegekind. Vielleicht dachte meine Mutter bei meiner Geburt, das Leben würde wundervoll und perfekt, doch das war es nie. Deshalb nennen mich alle Ira. Mein Bruder heißt Zackery oder Zac. Beide Namen sind okay, aber Zac passt besser zu ihm, weil er immer am Rennen ist. Wenn man ihn Zackery nennt, ist er schon weg, bevor man den Namen ganz ausgesprochen hat.

Wir wollten nicht nach Skilly. Wir waren noch nie in einem Kinderheim gewesen und außerdem war es ungerecht, dass wir so plötzlich umziehen mussten. Gerade noch hatten wir mit Brenda und Alf zu Abend gegessen und ausprobiert, wie viel Ketchup wir auf einer Fritte unterbringen konnten, und im nächsten Moment scheuchte Anita uns zum Packen nach oben in unsere Zimmer. Auf dem Weg die Treppe wieder hinunter ließ ich meinen Koffer bei jeder Stufe aufknallen, was sonst gar nicht meine Art ist. Normalerweise zeige ich meine Gefühle nicht, schließlich bin ich ja die Ältere. Zac stand mit diesem schrecklich traurigen Gesichtsausdruck im Flur, den er immer hat, wenn der Kummer ihn so fest umschließt, dass es aussieht, als würde er gleich ersticken. Dann dauert es immer ewig, ihn wieder daraus zu befreien.

»Und kommt uns auf jeden Fall mal besuchen, ja?«, sagte Brenda, als sie uns zum Abschied umarmte.

Davon wurde ich erst recht traurig. Ich war zwar erst neun Jahre alt und Zac sieben, aber wir beide wussten bereits, dass wir sie nie wiedersehen würden. Und sie war die Erwachsene und wusste es nicht.

Daraufhin presste Zac die Lippen zu einem schmalen, dünnen Strich zusammen, und das war's. Es hatte keinen Zweck, ihn anzusprechen. Wir saßen in Anitas Auto und sahen die Welt an uns vorbeifliegen. Zumindest unser Stückchen Welt, was heißt, den Londoner Süden.

Erst versuchte Anita noch mit uns zu plaudern und erzählte uns von einem James-Bond-Film, den sie gesehen hatte. Sie sagte, der Schauspieler sehe wirklich gut aus. Wahrscheinlich hat sie ein Poster von ihm an der Wand hängen. Aber wir antworteten nicht, also gab sie es irgendwann auf. Ich konnte nicht an James Bond denken. Alles, was ich denken konnte, war, dass die Autofenster mal wieder geputzt werden müssten.

Anita ist unsere Sozialarbeiterin. Sie färbt sich die Haare passend zur Farbe ihres Lippenstifts. Der ist normalerweise rot, nur weiß man nie, welcher Rotton es sein wird. Manchmal ist es auch Pink oder Orange. Das lenkt uns ab. Vielleicht tut sie es genau deswegen. An diesem Tag war es Kirschrot. Sie sah aus wie ein Filmstar, der im falschen Film festsaß, mit zwei jämmerlichen Kindern auf dem Rücksitz des Autos, obwohl sie eigentlich hätte Fallschirm springen oder einen Doppelagenten küssen sollen.

Es dauerte ewig, bis wir in Skilly ankamen. Es war unheimlich viel Verkehr und ich dachte, von oben betrachtet sahen die Autos bestimmt aus wie Ameisen. Und auch wenn es heißt, dass Ameisen eigentlich immer genau wissen, was sie tun, fragte ich mich, ob sie sich möglicherweise im Inneren genauso fühlten wie wir. Verloren.

Schließlich hielten wir in einer Straße, die genauso aussah wie die, aus der wir kamen. Nichts an ihr war anders. Es gab keine Felder, Berge, Wasserfälle, Schimpansen oder Kängurus. Es gab noch nicht mal einen Park. Es war einfach nur eine ganz normale Londoner Straße, in der sich die Häuser und Wohnungen aneinanderdrängten wie verfaulte Zähne in einem Mund. Wenn wir nicht eine Stunde im Auto gesessen hätten, hätte man meinen können, wir wären nur eben um die Ecke gebogen.

Als Anita den Wagen parkte, fing mein Herz an zu hämmern. Das tut es immer, wenn ich eigentlich möchte, dass es ruhig bleibt, genau wie ich möchte, dass die Leute glauben, es sei mir egal, was passiert, obwohl das gar nicht stimmt. Es ist nicht leicht, so zu wirken, als sei es einem egal, was passiert, wenn das Herz wie verrückt klopft.

Anita holte unsere Koffer aus dem Auto und öffnete das Tor zu einem baufälligen alten Haus. Ich musste Zac hinter mir herziehen. Er wollte nicht aussteigen. Er wollte einfach bloß, dass alles genau in diesem Moment und an diesem Ort anhielt – als wäre es etwas Gutes, wenn die Welt anhielt. Als ich ihn mitzog, stieß er sich den Kopf an der Scheibe. Er sagte nichts, aber ich wusste, dass er mich in diesem Augenblick hasste.

Das Haus war groß und gammelig. Weißer Putz blätterte von den Wänden, so als sei es vor hundert Jahren gestrichen worden und niemand hätte sich seitdem die Mühe gemacht, es zu renovieren. Ein Mann band gerade einen Rosenstrauch an der Mauer fest, damit die Zweige nicht auf den Boden hingen. Die Rosen waren klein und rot und verloren schon ihre Blütenblätter, trotzdem wollte er sie hochbinden. Wahrscheinlich sahen sie im Sommer hübsch aus.

Anita sagte: »Hallo«, und der Mann drehte sich um.

Er trug eine alte Lederjacke und hatte Locken, die allerdings nicht golden waren wie bei einer Prinzessin, sondern fürchterlich zerzaust abstanden. Als er uns sah, lächelte er und sein Gesicht wurde ganz faltig. Ich wollte ihn nicht mögen, aber ich konnte nicht anders.

»Ich glaube, der Wind frischt auf«, sagte er und wedelte mit einem Stück Bindfaden.

Er schüttelte erst Anita die Hand und dann uns. Ich tat so, als würde ich dauernd Hände schütteln, aber eigentlich war es das erste Mal. Zac ließ seine Hand ganz schlaff werden, wie wenn er so tut, als wäre er krank. Pflegekindern schüttelt normalerweise niemand die Hand. Manchmal sieht uns noch nicht mal jemand an.

»Ich bin Silas«, sagte der Mann. »Willkommen in Skilly.«

Er ist der einzige Silas, den ich je kennengelernt habe. Wahrscheinlich der einzige in ganz London. Heutzutage nennt niemand mehr seine Kinder Silas. Es ist ein altmodischer Name.

Wir gingen zur Haustür und er klingelte. An der Wand hing ein Schild, auf dem *Skilly House 1887* stand, was bedeutet, dass das Haus vor hundert Jahren gebaut worden ist, also vor einem ganzen Jahrhundert. Ich dachte an all die Kinder, die schon vor uns vor dieser Tür gestanden und sich gefragt hatten, was sie wohl erwarten würde. Vielleicht war ihre Mutter von einer Pferdekutsche überrollt worden oder ihr Vater war in einem Schornstein stecken geblieben, oder vielleicht hatte sie auch einfach nur das Glück verlassen. Ich setzte eine steinerne Miene auf, damit wer auch immer die Tür öffnen würde, nicht sehen konnte, wie ich mich innerlich fühlte. Zac schnappte immer wieder nach Luft, als wäre er außer Atem. Aber er war nicht außer Atem. Er hatte Angst.

Doch die Frau, die die Tür öffnete, war überhaupt nicht Angst einflößend. Sie war schön. Sie lächelte über das ganze Gesicht, als hätte sie sich schon lange auf uns gefreut und nun wären wir endlich da.

»Kinder!«, sagte sie. »Hereinspaziert. Wir haben euch erwartet.«

Sie breitete die Arme aus und umschlang uns. Es fühlte sich so gut an. An den Enden ihrer Rastalocken wippten gelbe Perlen wie Bienen. Ich hätte gerne eine festgehalten, aber stattdessen berührte ich sie nur ganz leicht, damit die Frau es nicht merkte. Die Perle fühlte sich an wie ein Glücksbringer.

Silas sagte: »Das ist Hortense. Sie zeigt euch alles.« Dann kehrte er zu seinem Rosenstrauch zurück.

Wir gingen mit Hortense ins Haus und kamen in den Flur. Es war dunkel und gab eine Treppe, die ganz weit hinaufführte. Ich versuchte mir vorzustellen, dass sie bis in den Himmel reichte und oben ein helles Licht erstrahlte. Da hatte ich auf einmal das Gefühl, dass uns jemand beobachtete, und als ich mich umdrehte, sah ich eine Frau in einer Tür stehen. Erst dachte ich, sie sei ein Geist. Mir lief es kalt den Rücken runter. Sie war unheimlich dünn, stand regungslos da wie ein Knochengerüst und starrte Zac und mich an, als wünschte sie, wir wären nie hergekommen. Als würde sie uns direkt wieder zur Tür hinausschieben wollen und hinter uns abschließen, wenn sie bloß die Zeit zurückdrehen könnte.

»Das ist Mrs Clanks, die Direktorin von Skilly House«, sagte Hortense, und die Frau kam näher.

Sie ging aufrecht wie ein Soldat, und nur weil ihre Schuhe auf dem Boden klapperten, wusste ich, dass sie ein Mensch aus Fleisch und Blut war. Geister machen keine Geräusche. Es kostet sie ihre ganze Kraft, überhaupt zu existieren. Deshalb sieht man sie auch nicht oft.

Mrs Clanks war alt, sie hatte die Haare hochgesteckt und eine steile Falte auf der Stirn, die so aussah, als wäre sie schon immer dort gewesen. Vielleicht war die Frau das erste Baby, das je mit einer Falte auf der Stirn zur Welt gekommen war. Sie trug langweilige Erwachsenenkleider, abgesehen von einer Ausnahme – einer glänzenden rosa Haarschleife. Ich fragte mich, ob jemand sie ihr unbemerkt dort hingesteckt hatte. Aber es brachte mich nicht zum Lachen. Es machte mich verlegen.

Mrs Clanks schüttelte Anita die Hand und sagte: »Guten Tag.«

Dann lächelte sie Zac und mich an. Allerdings war es nicht die Art von Lächeln, die einen froh macht, da zu sein. Es war die Art Lächeln, die man jemandem schenkt, wenn man sich wünscht, derjenige würde meilenweit entfernt wohnen, zum Beispiel in Australien.

»Hortense wird euch euer Zimmer zeigen«, sagte sie.

Das war alles, was sie sagte. Kein »Hallo« oder »Wie war die Reise?«. Und sie sagte es so, als wäre der Klempner gekommen, um einen Rohrbruch zu reparieren, und sie müsste ihm erklären, wo die Rohre waren. Und er solle sich besser beeilen, bevor das ganze Haus unter Wasser stünde. Und nicht so, als wären zwei Kinder in ihr neues Zuhause gekommen, wo sie vielleicht für immer bleiben würden.

Ich hätte am liebsten geschrien, dass wir nicht hierbleiben würden, und musste die Zähne ganz fest zusammenbeißen, damit die Worte nicht aus mir herausbrachen. Ich wollte schreien, dass wir es hier bereits jetzt furchtbar fänden und wir zurück zu Brenda und Alf fahren würden. Aber das ging nicht. Es würde Zac nur aufregen und außerdem funktioniert es sowieso nie. Selbst wenn das süßeste Kind einen Aufstand macht, ändert sich nichts. Nicht, wenn es ein Pflegekind ist.

Anita lächelte normalerweise, wenn sie uns irgendwo ablieferte, denn Lächeln ist ansteckend. Wenn ein Mensch lächelt, bringt das den nächsten auch zum Lächeln und immer so weiter. Auf diese Art kann man eine ganze Menschenmenge aufheitern. Es ist wie Zauberei. Aber an diesem Tag konnte sie nicht lächeln. Ihr Gesicht fand einfach nicht die richtige Form. Sie kniete sich vor Zac und mich hin und gab uns einen Kuss.

»Ab mit euch«, sagte sie. »Wir sehen uns bald.«

Sie sah immer noch aus wie ein Filmstar, allerdings spielte sie jetzt in einem Kriegsfilm mit und blickte tapfer ihren Kindern nach, die aufs Land evakuiert wurden. Auf Zacs Wange blieb kirschroter Lippenstift zurück, dann wischte sie ihn ab.

Wir folgten Hortense die Treppe hinauf. Ich stellte mir vor, sie wäre ein Engel, der uns in den Himmel brachte, aber das funktionierte nicht lange. Kinder sahen uns durchs Geländer an und streckten uns die Zunge heraus. Ein großer Junge warf mir eine Papierkugel an die Schulter. Ich tat so, als hätte ich es nicht bemerkt, aber ich hörte ihn kichern.

Der Läufer auf der Treppe war so alt, dass man dort, wo die weichen Teile schon ganz abgewetzt waren, die Fäden sehen konnte. Früher mal war er vielleicht schön gewesen, denn er hatte immer noch ein Blumenmuster, aber die Blumen sahen inzwischen ganz schlammig aus und wie auf dem Boden eines Teichs. Jede Stufe knarrte an einer anderen Stelle. Manchmal knarrte es in der Mitte der Stufe, manchmal am Rand und manche Stufen schienen gar nicht zu knarren, bis man den

Fuß wieder von ihnen löste und sie ein leises Quietschen von sich gaben. Diese Treppe konnte man nie lautlos hoch- oder runtergehen. Oder man musste lernen, an welchen Stellen sie knarrte.

An den Wänden waren Zeichnungen und Reste von Schrift, die abgewischt worden war – vielleicht, weil dort gestanden hatte, dass jemand jemand anderen liebte, derjenige es sich dann aber anders überlegt hatte, oder vielleicht auch, weil dort etwas Schlimmes gestanden hatte.

Und auf jeder Stufe lag Staub. Ich musste mich wirklich anstrengen, nicht darüber nachzudenken, denn Staub kommt von toter Haut, also musste er von den Kindern stammen, die vor uns diese Treppe hinaufgegangen waren. Vielleicht sogar von Kindern, die inzwischen tot waren. Ich konzentrierte mich darauf, die Stufen zu zählen. Das mache ich immer an neuen Orten. Ich zähle beim Hochgehen die Stufen, damit ich weiß, wie viele ich runtergehen muss. Das ist eine meiner Angewohnheiten. Vom Flur bis zu unserem Zimmer sind es siebenundvierzig Stufen.

Unser Zimmer ist ganz oben. Weiter rauf geht es nicht. Das ist schön, so geht niemand dort vorbei. Als wir ankamen, sagte Hortense: »Das beste Zimmer im ganzen Haus«, und öffnete die Tür, als wären wir gerade an unserem Urlaubsort eingetroffen und nicht in einem Kinderheim.

Aber eigentlich ist es okay. Es hat auf einer Seite eine Dachschräge und auf der anderen ein Fenster und aus dem Fenster kann man in den Garten hinaussehen. Es gab zwei Betten mit Steppdecken und Wolldecken voller Knötchen, und es gab ein Waschbecken mit gelben Flecken, die vom Wasserhahn bis zum Abfluss reichten. Es gab einen Schrank, eine Kommode und einen Tisch, und an den Wänden hingen Reste von Klebestreifen, wo andere Kinder ihre Poster abgenommen hatten. Auf dem Boden lag ein alter, ausgeblichener Teppich und unter dem Teppich waren Holzdielen.

Hortense legte den Kopf schräg und betrachtete uns wie ein Reiher, der in einem Teich nach Fischen Ausschau hält.

»Wenn ihr euch erst mal eingerichtet habt, wird es sich ganz anders anfühlen«, sagte sie.

Dann machte sie das Fenster auf, ein Windstoß blies ins Zimmer, der sich wunderbar anfühlte, und ich blickte hinaus und sah einen Vogel auf einen Baum fliegen.

»Jetzt kommt und seht euch den Garten an«, sagte Hortense.

Der Garten in Skilly ist unglaublich. Er ist riesig, verwunschen und voller Verstecke, und obwohl er überall von Häusern umgeben ist, hat man das Gefühl, er läge ganz einsam da. Es gab ein Gartenhaus und einen Teich, der mit Maschendraht abgedeckt war, und mittendrin stand ein riesiger Baum.

Wenn die Sonne durch die Blätter drang, warf sie Muster aus Licht auf den Rasen.

An jenem Nachmittag hatten wir den Garten ganz für uns allein. Damals wussten wir das noch nicht, aber so machen sie es immer, wenn neue Kinder ankommen. Sie dürfen allein im Garten spielen. Erst wollte Zac meine Hand nicht loslassen, doch dann entdeckte er einen Stock und fing an, auf den Baum einzudreschen. Rindenstücke flogen herum. Ich sagte nichts, sondern ging einfach weg. Dann drehte ich mich im Kreis, immer rundherum, bis mir so schwindelig war, dass ich mich hinlegen musste, und als ich dort lag, füllte sich mein Kopf mit dem blauen Himmel und ich wollte nicht mehr schreien. So ist das mit dem Himmel. Egal, wie schlecht die Dinge stehen, man kann immer hinauf in den Himmel blicken, und dann geht es einem besser.

Anschließend aßen wir zusammen mit den anderen Kindern in der Küche. Sie beachteten uns kaum. Ich tat so, als würde ich sie auch nicht beachten, aber in Wirklichkeit warf ich ihnen immer wieder verstohlene Blicke zu. Sie machten alle etwas anderes mit ihrem Essen. Das sagte etwas über ihren Charakter aus. Manche aßen ganz schnell und wollten dann noch mehr, manche pickten sich nur das Beste heraus, manche schoben das Essen auf dem Teller hin und her und aßen gar nichts. Manche Kinder kleckerten rum und manche waren ganz ordentlich und legten Messer und Gabel nebeneinander, wenn sie fertig waren, so als wären sie im Restaurant und der Kellner würde gleich ihren Teller abräumen. Der Junge, der mich mit der Papierkugel beworfen hatte, kaute nicht einmal. Er schlang das Essen hinunter wie geschmolzenes Eis, dabei war es Hackfleisch-Kartoffel-Auflauf. Als Hortense nicht hinsah, nahm er etwas Kartoffelpüree auf die Gabel und beschoss mich damit. Es landete mitten auf meinem Teller. Danach aß ich nicht weiter. Ich fand es eklig.

Sobald wir vom Tisch aufstehen durften, rannten wir in unser Zimmer und blickten in den Garten hinaus. Es war schön, so weit oben zu sein. Als wäre man unsichtbar. Draußen war es dunkel und windig und der Baum schwankte. In den Zweigen saßen zwei Tauben, denen das jedoch nichts auszumachen schien. Sie wiegten sich einfach hin und her. Sie waren daran gewöhnt. Silas brachte irgendwelches Werkzeug ins Gartenhaus und der Wind wehte ihm die Haare in die Augen.

Dann gingen wir ins Bett und saßen ewig einfach nur da. Ich las nicht, malte nicht und tat auch sonst nichts. Ich wollte bereit sein, wenn Zac anfangen würde zu sprechen.

Schließlich fragte er: »Warum sind die Wände so hoch?«

Es war das Erste, was er sagte, seit wir bei Brenda und Alf losgefahren waren.

»Es ist ein altes Haus«, sagte ich. »So hat man die früher gebaut.«

»Waren die Leute denn früher größer?«, fragte er.

»Nein. Ich glaube, sie waren sogar kleiner.«

Er wirkte verärgert.

»Warum dann?«, fragte er.

»Ich weiß es nicht.«

»Kann ich zu dir ins Bett kommen?«

Ich nickte.

Er kam herüber und rollte sich neben mir zusammen. Alle mögen Zac, denn wenn er nicht traurig oder wütend ist, ist er witzig. Er denkt sich Spiele aus, kann schnell rennen und es macht ihm Spaß, andere zu jagen oder gejagt zu werden, die Straße entlangzurennen und an Türen zu klingeln. Kinder lieben das, im Gegensatz zu Erwachsenen. Und vor allem alten Damen.

Aber Zac mag niemanden. Nicht so richtig. Er vertraut niemandem. Die Einzige, der er vertraut, bin ich, also darf ich ihn nie im Stich lassen. Ich bin für ihn verantwortlich.

»Wie wird es hier werden?«, fragte er.

»Es wird okay.«

Wir konnten unten Leute reden hören.

»Glaubst du, es gibt hier Gespenster?«

Ich schüttelte den Kopf, aber tatsächlich fragte ich mich das selbst. Die Gespenster, durch die man hindurchsehen kann, oder die, die so aussehen wie Bettlaken, machten mir keine Angst. Angst machten mir all die Kinder, die vor uns in Skilly gelebt hatten, und die Spuren, die sie hinterlassen hatten. Wie das Gekritzel an den Wänden und all die traurigen Augen, die hier sicher schon aus dem Fenster gesehen und sich an einen anderen Ort gewünscht hatten.

»Nein«, sagte ich. »Gespenster gibt es nicht.«

Zacs Mund zitterte.

»Soll ich dir eine Geschichte erzählen?«, fragte ich.

»Die besondere?«

»Wenn du möchtest.«

Er nickte.

Ich denke mir immer Geschichten für Zac aus. Normalerweise tötet er irgendein Monster und rettet die Dorfbewohner oder die Schulkinder oder die Matrosen, die kurz vorm Ertrinken sind, weil ein Seeungeheuer ihr Boot zum Kentern gebracht hat. Aber die besondere Geschichte ist anders, weil ich nicht sicher bin, ob ich sie mir ausgedacht habe oder nicht.

Zac fragt mich immer so Sachen wie: »Wie war Mama? Hat sie mit mir gekuschelt?« Und er will nicht, dass ich sage, ich weiß es nicht, also muss ich ihm antworten. Und so ist unsere Geschichte entstanden.

»Mama hatte dich im Arm«, sagte ich. »Du warst noch ganz

klein und hieltest ihren Finger umklammert, als wolltest du ihn nie wieder loslassen, und sie gab dir einen Kuss. Sie hatte Locken, genau wie wir, und sie dachte, wir würden für immer glücklich sein.«

Ich streichelte ihm übers Haar. Die Augen fielen ihm zu und dann war er eingeschlafen. So ist er. Er muss einfach nur die Augen zumachen.

Ich dagegen konnte nicht schlafen, weil ich an all die Leute denken musste, bei denen wir gewohnt hatten, bevor wir nach Skilly gekommen waren. Ich hatte immer gewusst, dass wir nicht lange bei Brenda und Alf bleiben würden. Sie waren schon alt und Alf verlor dauernd Sachen. Brenda musste sich jetzt um ihn kümmern, nicht um uns. Vor ihnen war es Petra gewesen. Sie hatte eine Stelle gefunden, bei der sie auch Nachtschichten machen musste, deshalb konnte sie sich nicht mehr um uns kümmern, und dann kam Alara, die uns dauernd sagte, an Weihnachten wären wir nicht mehr da (und das stimmte auch). Danach waren es die Grimbles, die sagten, sie würden uns für immer behalten, doch dann kam ihr neues Baby; und dann war da Adam, der nicht genug Stühle für alle hatte. Und schließlich gab es noch all die kurzen Aufenthalte bei Leuten, die wir Oma oder Tante nannten, obwohl sie gar nicht mit uns verwandt waren, und die Frau, die gemein zu uns war, so dass Anita uns wieder mitnehmen musste.

Ich sagte Zac immer, wir wären wie Zigeuner, die von einem aufregenden Ort zum nächsten reisten, aber irgendwann hörte ich auf damit, denn davon wurde das Umziehen nicht aufregender. Es wurde nur noch schlimmer. Doch in jener Nacht stellte ich mir vor, dass vor dem Haus ein Pferd schlief und ein altmodischer, mit Blumen bemalter Wohnwagen stand und dass wir am nächsten Tag auf eine abenteuerliche Reise gehen würden. Wir würden eine lange Straße entlangfahren, die auf beiden Seiten gesäumt war von Gras und Bäumen, und Zac und ich würden die Zügel halten und singen. Und dann fiel mir auf, dass ich nicht wusste, ob Pferde im Stehen oder im Liegen schlafen, und ich glaube, beim Versuch, es herauszufinden, schlief ich schließlich ein.

Der Sturm

Erst dachte ich, ich hätte einen Albtraum und würde die Treppe hinunterfallen. Es krachte laut und ich versuchte die Stufen zu zählen und war mir sicher, dass es bestimmt furchtbar wehtun würde, wenn ich unten aufkam. Aber als ich aufwachte, hörte ich das Krachen immer noch. Zac klammerte sich an mich und bohrte mir die Finger in den Arm. Seine Augen hielt er fest geschlossen.

»Gespenster!«, flüsterte er.

Aber ich wusste, dass das keine Gespenster waren. Draußen pfiff der Wind. Ich sprang aus dem Bett und lief zum Fenster. Es war mitten in der Nacht und durch den Garten peitschte ein Sturm. Er entwurzelte Sträucher, riss Holzbretter aus dem Gartenhaus und wirbelte sie durch die Luft. Der Baum schwankte hin und her und die ganze Zeit über heulte der Wind. Es war wie bei einem Kind, das einen entsetzlichen Wutanfall hat. Man weiß genau, dass man es nicht beruhigen kann und einfach abwarten muss, bis es vorbei ist, in der Hoffnung, dass nicht allzu viel kaputtgeht.

»Zac!«, rief ich. »Schau mal!«

Zac kam genau in dem Moment ans Fenster, als der Baum umstürzte. Es war unglaublich! Der Wind drückte so fest dagegen, dass er sich immer stärker bog, bis er sich plötzlich nicht mehr aufrichten konnte und zu Boden stürzte. Im Fallen jaulte er wie ein sterbendes Tier. Seine Wurzeln wurden aus der Erde gerissen und vom Wind geschüttelt, so dass es aussah, als wäre der Baum noch am Leben. Wie eine Antilope, die von Löwen gefressen wird. Aber er war nicht mehr am Leben. Er war tot.

Erst konnten Zac und ich kaum atmen. Dann fingen wir an zu lachen, als säßen wir auf dem Jahrmarkt im Karussell. Uns war ein bisschen schwummrig, aber es war großartig.

Wir konnten Leute unten herumrennen hören, aber wir gingen nicht runter. Wir saßen einfach nur auf meinem Bett und lauschten dem Sturm und ich drückte die Daumen und hoffte, dass er das Haus nicht umpusten würde.

Den Baum umstürzen zu sehen war mit das Beste, was ich je gesehen hatte. Ich weiß, das klingt merkwürdig, aber so war es.

Am nächsten Morgen war der Sturm vorbei. Ich hatte keine Ahnung, ob er noch woanders tobte, aber in London war es ruhig. Wir konnten nicht abwarten zu sehen, was passiert war. Alle Kinder aus Skilly rannten noch vor dem Frühstück auf die Straße hinaus. Auf der gegenüberliegenden Straßenseite war noch ein Baum umgestürzt und auf ein Auto gefallen. Das Dach war eingedrückt und die Windschutzscheibe in winzige Scherben zersplittert. Ich glaube nicht, dass sich das noch reparieren ließ.

Auch Mülltonnen waren umgekippt und überall lag Abfall verteilt. In den Zweigen des umgestürzten Baumes hingen eine Bananenschale, ein paar Plastikflaschen und jede Menge leerer Verpackungen. Ein alter Mann im Bademantel kehrte Glasscherben von seinem Gartenweg und zwei Frauen versuchten ein Fahrrad von einem Geländer zu bekommen. Es war so verdreht, dass es aussah wie in einem Zeichentrickfilm, und zwischen den Speichen steckte eine Chipstüte. Die

Frauen schienen nicht zu wissen, ob sie lachen oder weinen sollten. Denn der Sturm war zwar beeindruckend gewesen, aber das Fahrrad war jetzt kaputt.

Silas' Rosenstrauch war komplett verschwunden. Selbst der Bindfaden war weg. Der Strauch war vermutlich meilenweit geflogen. Vielleicht war er sogar in einem anderen Garten gelandet und im Sommer würden sich die Leute dort wundern, wo die roten Rosen herkämen, weil sie selbst nur weiße gepflanzt hatten. Trotzdem ärgerte sich Silas nicht. Er lachte.

»Dass es so windig werden würde, hätte ich nicht gedacht«, sagte er. »Dieser Sturm wird bestimmt in die Geschichte eingehen.«

Und er hatte recht, denn es war der schlimmste Sturm seit dreihundert Jahren. Das heißt, sogar noch bevor Skilly gebaut wurde und als Frauen lange Röcke trugen und weder wählen noch zur Schule gehen durften. Und als es noch keine Autos oder Fernseher gab und keinen Strom und die Leute im Dunkeln Klavier spielten und die ganze Familie dazu sang. Zac und ich werden vielleicht auch in den Geschichtsbüchern erwähnt, weil wir dabei waren.

In den Nachrichten kam, was der Sturm sonst noch angerichtet hatte. Da war ein Haus, dessen Dach weggeflogen war. Man konnte direkt ins Schlafzimmer gucken und sehen, was für Tapeten die Leute hatten und was für Bücher sie lasen.

Der Wind hatte auch Lastwagen umgepustet. Er hatte sie einfach hochgehoben und umgeworfen, so dass sie auf der Autobahn lagen wie Elefanten, die wegen ihrer Stoßzähne von Wilderern getötet worden waren. Der Wind hatte auch Wohnwagen ins Meer geworfen, weshalb jetzt Töpfe und Pfannen dort herumschwammen.

Die Kinder aus Skilly waren ganz aufgeregt. Wir selbst wussten längst, dass alles von einem Moment auf den anderen kopfstehen konnte, und jetzt wurde das auch für alle anderen sichtbar. Wir rannten in den Garten, kletterten auf den umgestürzten Baum und starrten ihn ununterbrochen an, weil wir nicht glauben konnten, dass er jetzt auf dem Boden lag, wo er doch immer in den Himmel geragt hatte. Wir wurden nicht müde, an seinem Stamm entlangzulaufen, und sprangen von den Wurzeln auf die Erde, immer und immer wieder, und jedes Mal war es genauso toll wie beim ersten Mal.

Silas sägte die Äste des Baumes ab und wir sammelten sie ein und stapelten sie zusammen mit den Holzbrettern des Gartenhauses auf. Und als die Blätter und Zweige unter meinen Füßen raschelten, musste ich innehalten und tief Luft holen, weil ich feststellte, dass ich glücklich war, was mich sehr überraschte.

»Daraus machen wir ein großes Lagerfeuer«, sagte Silas.

Und so war es. Zum traditionellen Guy-Fawkes-Feuer

Anfang November standen wir im Garten, aßen heiße Kartoffeln und sahen zu, wie in der großen Grube, wo früher der Baum gestanden hatte, die Flammen loderten.

Seitdem liegt der Baum im Garten. Silas hat Stufen in den Stamm geschlagen, damit auch die Kleineren hinaufklettern können. Die moosbedeckte Rinde bröckelt und Kinder haben ihre Namen darauf hinterlassen. In eine der Stufen habe ich *Ira und Zac waren hier 16. 10. 87* geritzt, weil wir gesehen haben, wie der Baum umgestürzt ist, und uns das zu einem Teil seiner Geschichte macht, und auch, weil es unser erster ganzer Tag in Skilly war. Die Kinder hier nennen den Baum das Schiff oder das Floß, und wir rennen darüber, verstecken uns dahinter oder lauern einander auf. Und wenn es im Garten ruhig ist, lehne ich mich daran und zeichne oder ich schließe einfach die Augen und lausche, denn wenn niemand draußen ist, summt der Garten irgendwie.

Das Hundefoto

MÄRZ 1989

Zac und ich sind jetzt seit fast anderthalb Jahren in Skilly. Alle Kinder, die hier gelebt haben, als wir ankamen, sind inzwischen weg, außer dem Jungen, der mich mit Kartoffelbrei beschossen hat. Die übrigen sind in Pflegefamilien gezogen, adoptiert worden oder nach Hause zurückgekehrt, und an ihrer Stelle sind neue Kinder gekommen. Doch Jimmy ist immer noch da. Er geht, dann kommt er wieder und dann geht er wieder. Nichts will bei ihm funktionieren. Vielleicht liegt es daran, dass er so groß ist. Vielleicht ist das sogar noch schlimmer, als Locken zu haben so wie Zac und ich. Aber ich glaube nicht. Ich glaube, es liegt daran, dass er wütend ist. Sogar wenn er glücklich ist, ist er wütend. Und sogar wenn er lacht und Witze erzählt, merkt man, dass er darunter ein bisschen wütend ist.

Ich weiß nie, was er als Nächstes vorhat, und das macht mich nervös. Trotzdem gehört er zu den Kindern hier, die ich am liebsten habe, weil er vor Leben nur so strotzt. Er mag das Leben nicht besonders und dennoch ist er voll davon, ob er will oder nicht. Es ist, als trüge er Sprungschuhe.

Er springt und hüpft beim Gehen, und wenn sein Lieblingslied im Radio läuft, tanzt er. Er kennt immer den ganzen Text und sämtliche Bewegungen. Dann sieht er aus wie ein Popstar. Manchmal macht Hortense auch mit. Sie kann nicht anders, genau wie er, und dann tanzen und lachen sie beide. So ist das mit Jimmy. Obwohl er wütend ist, macht er Menschen glücklich.

Aber abgesehen von Jimmy sind Zac und ich am längsten hier. Hortense sagt, wir seien alte Hasen. Wir sollen den neuen Kindern zeigen, wie hier alles läuft. Nur wollen die meistens nichts mit uns zu tun haben. Alte Hasen zu sein ist nichts, worauf man stolz sein könnte. Es ist etwas, wofür man sich schämen muss.

Wenn neue Kinder nach Skilly kommen, sind sie entweder laut und wütend oder verschlossen und still. Die wütenden Kinder erzählen allen von ihrem Leben – wie ihre Familien sind und wo sie herkommen. Sie sagen, sie würden nicht hierbleiben, und streiten sich mit anderen Kindern, weil sie nicht dazugehören wollen. Sie lügen auch. Ein Junge hat mal behauptet, seine Mutter wäre Millionärin, und ein Mädchen, sein Vater wäre Fernsehkoch. Aber ich bin mir sicher, dass sie gelogen haben, denn Kinder, die so reich sind, müssen nie in Pflege. Sie finden immer jemanden, der sie haben will.

Die stillen Kinder sind das genaue Gegenteil. Sie sagen gar nichts. Sie behalten ihre Geheimnisse für sich, damit sie ihnen niemand wegnehmen kann. Am liebsten wären sie unsichtbar. Normalerweise müssen sich die wütenden Kinder daher untereinander streiten, weil die stillen Kinder nicht mitmachen.

Die meisten Leute halten Zac und mich wahrscheinlich für den stillen Typ, aber das stimmt nicht ganz. Wir haben einfach nichts zu erzählen. Wir haben keine Eltern und es gibt nichts, womit wir beweisen könnten, dass wir je Eltern hatten. Wir haben zwar ein Erinnerungsalbum mit Fotos und Geburtstagskarten, aber alles in dem Album stammt aus Pflegefamilien.

Außer einem Foto.

Es gibt ein Foto von uns, das woanders aufgenommen wurde. Wenn man nur einen kurzen Blick darauf wirft, sieht es aus wie das Foto von einem Hund – einem großen schwarzen und haarigen Hund, der mit heraushängender Zunge auf die Kamera zuspringt. Der Hund nimmt fast das gesamte Bild ein, und wenn Leute es zum ersten Mal sehen, sagen sie: »Oh, sieh mal, ein Hund.«

Doch wenn man genau hinsieht, erkennt man, dass der Hund aus einem Sessel springt und Zac und ich links und rechts von ihm sitzen. Wir werden beinahe aus dem Bild gedrängt, aber eben nicht ganz. Zac ist noch ein Baby, er lehnt an einem Kissen und schaut überrascht, und ich sitze auf der anderen Seite, leicht unscharf, so als wäre ich zusammengezuckt, als der Hund lossprang. Ich bin fast zwei Jahre alt. Wir wissen, dass wir das sind, weil auf der Rückseite *Ira und Zac, Juli 1980* steht. Ich weiß nicht, wessen Handschrift das ist, und ich weiß nicht, wo der Sessel stand und was das für ein Hund ist. Das war's. Es ist nicht leicht, von einem solchen Foto irgendetwas zu erfahren. Manchmal frage ich mich, was aus dem Hund geworden ist, aber ich nehme an, er ist inzwischen tot.

Und abgesehen von diesem Foto gibt es nichts, womit wir beweisen könnten, dass wir je eine Familie hatten. Nur, dass wir gleich aussehen – zwei Kinder mit Locken, ich mit braunen Augen, Zac mit grünen. Gleich und doch verschieden.

Anita sagt, wir hatten mal eine Mutter, die sich nicht mehr um uns kümmern konnte. Das sagt man so zu Pflegekindern. Es bedeutet nichts. Es ist, wie wenn man sagt, draußen ist es kalt, wenn es genauso gut stürmisch, nass, verschneit oder eisig sein könnte und man kein Fenster hat, durch das man nachsehen könnte. Alles, was man weiß, ist, dass man besser einen Mantel anzieht.

Ich fragte: »Kann sie uns nicht mal besuchen kommen?«, aber Anita sagte: »Wir wissen nicht, wo sie ist.«

Dann sah sie so traurig aus, dass es mir lieber gewesen wäre, ich hätte nicht gefragt. Sie sah aus, als wäre sie zu einer Party gekommen und hätte sich im Tag geirrt.

Ich glaube nicht, dass Zac und ich je eine Familie finden werden. Das hier sind die Gründe in ungeordneter Reihenfolge:

* *Wir sind nicht mehr klein.*
* *Immer, wenn uns jemand nicht will, hinterlässt das Spuren.*
* *Wir wollen zusammenbleiben.*

Anita versucht weiterhin, eine Familie für uns zu finden. Sie gibt nicht auf. Als wir nach Skilly kamen, setzte sie eine Anzeige in die Zeitung direkt neben die Ferienhäuser, damit die Leute uns entdeckten, wenn sie nach einer hübschen Unterkunft suchten. Vielleicht würden sie sogar an uns denken, wenn dort noch ein Zimmer frei wäre, um es nicht zu verschwenden. Ein Fotograf hängte ein Laken im Flur auf, Hortense warf einen Ball in die Luft und Zac und ich saßen vor dem Laken, sahen dem Ball nach und lächelten. Das Foto klebt in unserem Erinnerungsalbum und wir haben die Anzeige in der Zeitung gesehen. Dort hieß es:

»Zwei Geschwister, neun und sieben Jahre alt, suchen eine

Familie. Ira liest und zeichnet gern. Zac ist gern draußen und braucht ein wenig Zeit zum Eingewöhnen.«

Das Dumme an Fotos ist nur, dass die Leute sehen können, wie man aussieht. Daran kann man nichts ändern. Ich glaube, die Leute würden uns lieber mögen, wenn sie uns kennenlernten, anstatt sich ein Foto von uns anzusehen. Wir gaben uns Mühe, niedlich zu gucken, aber es meldete sich niemand. Ich vergrub meine Finger in der Handfläche, damit man die abgekauten Nägel nicht sah, aber es meldete sich niemand.

Und jetzt bin ich zehneinhalb und Zac ist neun, und Anita meinte, je älter wir würden, desto schwieriger sei es, eine Familie für uns zu finden. Ich erwiderte: »Es wollte uns ja sowieso niemand haben.« Doch sie sagte, vielleicht hätten die richtigen Leute nur noch nicht von uns gehört. Aber ich glaube, es gibt so viele Leute, dass uns die Richtigen gar nicht finden können. Allein in London leben Millionen Menschen, daher ist die Chance, die beiden Richtigen zu finden, minimal. Bis sie uns gefunden haben, sind wir wahrscheinlich schon erwachsen und dann ist es zu spät. Und das wäre noch schlimmer, als wenn sie uns gar nicht finden würden.

Ich versuche, nicht zu viel an das Zuhause meiner Träume zu denken, weil es mich traurig macht, aber hier will ich es nur dieses eine Mal aufschreiben. Denn wenn man Sachen aufschreibt, werden sie wahr, und nur wahre Sachen passieren auch. Irgendjemandem muss man davon erzählen, selbst wenn es nur ein Tagebuch ist.

Das Zuhause meiner Träume hat eine Haustür nur für Zac, mich und unsere Eltern und einen Hausschlüssel, der im Flur hängt. Es gibt Tapeten und Blumen und nicht zu viele Zimmer. Es gibt Treppen, die nicht knarren, und ich habe mein eigenes Zimmer mit einem Schreibtisch und einem Schubladenschrank für meine Malsachen. Im Garten gibt es ein Fußballtor für Zac und am Ende der Straße ist ein Süßigkeitengeschäft mit diesen altmodischen Bonbongläsern, Brause-UFOs und Zitronendrops. Meine Eltern habe ich mir nicht vorgestellt, aber sie müssen auch gar nicht schön, schick, schlau oder reich sein, solange sie nur nett sind.

Skilly ist überhaupt nicht so wie das Zuhause meiner Träume, aber es ist okay. Obwohl Zac und ich uns ein Zimmer teilen, ist es okay. Zac hat sein Arsenal-Poster aufgehängt, weil das seine Lieblingsmannschaft ist. Er kennt die Namen aller Spieler. Ich habe mein *Matilda*-Poster aufgehängt, weil *Matilda* mein Lieblingsbuch ist. Darin geht es um ein Mädchen, das schreckliche Eltern hat, allerdings macht das nichts, weil sie allein durchs Denken Dinge geschehen lassen kann. Ich habe es selbst versucht und richtig fest gedacht, aber es funktioniert nicht. Es fühlt sich an, als müsste es eigentlich funktionieren, doch das tut es nicht. Mein Poster ist ein Bild von Matilda, wie sie gerade richtig fest denkt, aber man weiß nicht, was sie denkt, und man sieht nicht, was sie verändert. Manchmal stelle ich mir vor, dass sie an Zac und mich denkt und unser Leben viel, viel besser machen wird.

Das Problem an den Postern ist, dass Zacs Arsenal-Poster über seinem Bett hängt, wo ich hinschaue, und mein *Matilda*-Poster über meinem Bett hängt, wo er hinschaut. Wir haben es andersrum ausprobiert, doch das war irgendwie komisch. Das ist eins der Probleme, die Leuten, die sich mit niemandem das Zimmer teilen, nicht bewusst sind.

Aber das Allerbeste an unserem Zimmer ist, dass über uns der Himmel kommt. Wenn ich morgens aufwache, denke ich an die Vögel, die über mir fliegen, und wenn Zac nicht schlafen kann, erzähle ich ihm, dass eine Eule auf dem Dach sitzt, die alle Geheimnisse der Welt kennt. Dann fühlt er sich behütet.

Mein Lieblingshobby ist Zeichnen. Ich zeichne Blumen, die Natur und Menschen und manchmal mache ich Skizzen, die man Karikaturen nennt. Angefangen habe ich mit den Karikaturen, als ich mal versuchte, Zac zu malen, und es nicht richtig hinbekam. Daraufhin habe ich ihm eine lange Nase verpasst, mit der er dann richtig lustig aussah. Es macht mir Spaß, Leute so zu zeichnen – also so, wie ich sie sehe, und nicht, wie sie wirklich aussehen.

Ich habe viele Bilder von Kindern aus Skilly gemalt. Ich

habe den Jungen mit den knubbeligen Knien gezeichnet, der nur eine Woche hier war, das Kind, das seine Haare immer zu Stacheln hochgelte, und das Mädchen mit den Ringen in der Nase. Ich habe die kleinen Kinder gezeichnet und die dicken, die großen Kinder und die dünnen. Manchmal zeichne ich sie alle in einer Reihe, die ganz großen direkt neben den ganz kleinen, und manchmal erfinde ich Kinder, die nie hier waren.

Ich habe auch Silas gezeichnet mit seiner zerzausten Löwenmähne und Hortense mit Flügeln, weil sie wie ein Engel ist, und Mrs Clanks als Knochengerüst. Ich habe Zac gezeichnet, wie er auf einem Dinosaurier reitet, als Pirat und als starker Mann im Zirkus. Ich habe ihn sogar als Flummi gezeichnet, denn so ist er. Er kommt immer zurückgesprungen.

Die Einzigen, die ich nicht zeichne, sind die Kinder, die vor uns hier gelebt haben. Ich versuche, nicht an sie zu denken, denn sie müssen jetzt alt sein oder tot. Wenn ich Spuren von ihnen sehe wie zum Beispiel Gekritzel an der Wand, denke ich schnell an etwas anderes.

Aber es gibt ein Mädchen, an das ich trotzdem ständig denken muss. Sie hat ihren Namen in unser Fensterbrett geritzt. Daher sehe ich ihn immer, wenn ich in den Garten hinausschaue. Da steht: *Glenda Hyacinth, 1947,* was zweiundvierzig Jahre her ist. Sie muss auch hier am Fenster gestanden haben, also hat sie in unserem Zimmer gewohnt, und wahrscheinlich ist sie inzwischen tot und ein Gespenst. Dann fällt mir ein, dass ich Zacs und meinen Namen in den umgestürzten Baum geritzt habe und auch wir eines Tages Gespenster sein werden. Und davon werde ich ganz traurig.

Aber im Großen und Ganzen ist Skilly okay. Und wenn ich Mitleid mit mir selbst habe, rede ich mit Silas. Er sagt mir, dass sich die Dinge eines Tages ändern werden.

Silas

Silas ist der Beste. Er ist gar nicht wie ein Erwachsener. Unordnung stört ihn nicht, er wird nicht wütend und er kann Sachen reparieren. Außerdem riecht er immer nach frischer Luft. Es ist, als wäre er dauernd vom Draußen umgeben. Wenn jemand aus diesem Geruch ein Parfüm machen würde, würde er reich werden. Man könnte es in eine kleine grüne Flasche mit einem Gänseblümchendeckel füllen und alle würden es kaufen wollen.

Silas ist wie Jimmy voller Leben, aber er trägt keine Sprungschuhe. Das Leben wirbelt auf andere Art aus ihm heraus – so wie Blätter im Wind. Er sitzt nie still, das kann er gar nicht. Manchmal trinkt er in der Küche mit uns Tee, und obwohl er am Tisch sitzt, wippt er hin und her, seine Finger bewegen sich ununterbrochen und er lächelt, lacht und runzelt die Stirn – alles gleichzeitig. Das liegt daran, dass sein Kopf voller Erinnerungen steckt.

Er war schon überall auf der Welt und hat alles Mögliche gemacht. Wir bringen ihn dazu, dass er uns seine Geschichten immer wieder erzählt. Manchmal sagt er: »Habe ich euch das nicht schon mal erzählt?«, aber wir sagen immer: »Nein«, weil wir Kinder aus Skilly seine Geschichten auswendig kennen wollen, um so tun zu können, als wären wir dabei gewesen.

Als er noch jünger war, hat er in Australien gelebt. Er ist auf Pferden geritten und hat Rinder gehütet. Er war Rancher, so nennt man das. Wenn man ein Loch durch den Asphalt graben könnte und immer weiter graben würde, käme man auf seiner Ranch raus. Nur, dass in der Mitte der Erde Feuer ist, deshalb kann man da nicht durch. Man muss außenrum. Wenn in Australien Tag ist, ist hier Nacht – das heißt, wenn in London alle schliefen, ritt Silas auf seinem Pferd, und wenn in London alle frühstückten, blickte er hinauf zu den Sternen. Es klingt verwirrend, aber das ist es nicht, denn die Sonne sagt einem, wann es Zeit ist, aufzustehen oder ins Bett zu gehen.

Er war auch im Regenwald. Er sagt, wenn man dort ganz still steht und lauscht, kann man Insekten über die Blätter laufen und kleine Wassertropfen fallen hören. Er war auch schon in Indien und hat Kühe reglos mitten auf der Straße sitzen sehen, obwohl sie angehupt wurden und sich ein Riesenstau bildete. Die Kühe schlafen dort sogar auf der Straße. Es macht ihnen nichts aus. Und er hat Gewürze in so leuchtenden Farben gesehen, dass ihm die Augen davon brannten.

Einmal zeltete er in einem Wald, und als er aufwachte, hatte er eine Python im Schlafsack. Pythons können ein ganzes Krokodil auf einmal verschlingen, also hätte sie auch problemlos Silas fressen können. Silas musste vollkommen still liegen bleiben, bis die Schlange aufwachte und hinausglitt. Er lag den ganzen Tag da, behielt die Ruhe und hoffte, dass die Python keinen Hunger hätte. Man muss sehr mutig sein, um sich nicht zu bewegen, wenn man eine Python im Bett hat. Zac und ich haben mal versucht, so zu tun, und es nicht geschafft. Und das ohne echte Python. Wenn Zac und ich dabei gewesen wären, wären wir gefressen worden.

»Ich habe von dieser Schlange geträumt«, sagte Silas. »Ich habe geträumt, sie wäre da, und ich wusste, ich durfte die Beine nicht ausstrecken. So hat mein Traum mir das Leben gerettet. Den sechsten Sinn nenne ich das.«

In der Schule lernen wir nichts über den sechsten Sinn. Wir lernen nur die fünf Hauptsinne: Hören, Riechen, Sehen, Tasten und Schmecken. Meine Lehrerin hat gesagt, wir sollten uns vorstellen, wie wir die Sinne nutzen, wenn jemand Essen kocht, aber es ist lustiger, sie sich vorzustellen, wenn jemand das Essen anbrennen lässt. Man hört ein Zischen, es riecht verbrannt, man sieht die verkokelte Pfanne, man betastet den heißen Griff und man schmeckt das angebrannte Essen. Und dann spuckt man es aus.

Aber mit dem sechsten Sinn ist es anders. Er ist in gewisser Weise unsichtbar. Ich glaube, es ist, als wüsste man, dass das Essen angebrannt ist, obwohl man noch nicht aus der Schule zurück ist. Silas sagt, wir werden ihn erkennen, sobald wir ihn brauchen. Er sagt, wenn man auf ihn vertraut, kann er einem helfen, wenn man in Schwierigkeiten ist.

Aber das Beste an Silas ist, dass er selbst ein Pflegekind war. Deshalb versteht er, wie wir uns fühlen. Von seiner Familie weiß er nur, dass sein Vater Bernard hieß und seine Mutter Hilda. Er weiß noch nicht mal, warum sie ihn Silas genannt haben. Er wurde während des Krieges in London geboren, und als er noch ein Baby war, fiel eine Bombe auf ihr Haus und seine Eltern starben. Sie kamen nicht schnell genug raus. Hilda versuchte wahrscheinlich noch, ihm seinen kleinen Pullover anzuziehen, und Bernard holte ihm wahrscheinlich gerade noch etwas Milch.

»Ich wurde aus den Trümmern geborgen«, sagte er, »und von einem Paar Hände zum nächsten weitergereicht. Genau wie ihr.«

Er kam auf eine Farm, weit weg von den Bomben, und als

der Krieg aus war, konnte er nirgendwohin. Also blieb er auf dem Land und musste von einem Ort zum anderen ziehen.

»Ich dachte immer, man könnte mich einfach nehmen und irgendwohin bringen«, sagte er, »aber ich habe etwas gelernt, das ihr verstehen solltet. Sie können euch überallhin bringen, aber sie entscheiden nicht, wo das hier hingeht.«

Und dabei schlug er sich mit der Hand auf die Brust – dorthin, wo sein Herz sein musste. Ich wusste, was er meinte. Wenn man keine Familie hat, muss man sich ganz besonders fest an das halten, was man in sich trägt. Ich halte mich ganz besonders an mein Herz. Und Zac hält sich an seins sogar noch fester.

Die Kinder aus Skilly

Außer Jimmy, Zac und mir wohnen noch sechs Kinder in Skilly. Das sind sie – in keiner besonderen Reihenfolge, einfach so, wie sie mir einfallen:

Sophia ist die Älteste, sie ist vierzehn. Sie ist nett und still und erzählt nichts von sich. In dieser Hinsicht ist sie genau wie Zac und ich. Sie schreibt Gedichte und hat eine kleine Schreibmaschine. Manchmal hört man sie in ihrem Zimmer tippen. Aber dann versteckt sie ihre Gedichte, damit niemand sie lesen kann. Sie hat Zöpfe und trägt bunte T-Shirts, was komisch ist, weil sie ungern auffällt, aber wenn man bunte T-Shirts trägt, fällt man auf. Sie sieht aus wie ein Popstar, allerdings habe ich sie nie singen hören.

Ashani ist die Jüngste, sie ist acht. Am liebsten wäre sie ein Junge, weil sie Fußballspieler werden und im Wembley-Stadion kicken will, wenn sie groß ist. Sie ist Crystal-Palace-Fan, und wenn sie über Fußball redet, sagt sie so Sachen wie: »Wir haben bloß verloren, weil der Schiri mies und unser Stürmer verletzt war.« Es klingt immer so, als hätte Crystal Palace am besten gespielt, auch wenn sie verloren haben. Ashani hat ein Crystal-Palace-Trikot, aber es ist ihr zu groß. Wahrscheinlich würde es sogar Jimmy passen. Hortense hat es enger genäht, aber die Schultern reichen ihr immer noch bis zu den Ellbogen.

Alle mögen Ashani. Sie schneidet Grimassen, lacht viel und ist leicht glücklich zu machen. Wenn ich jemanden adoptieren wollte, würde ich Ashani adoptieren. Dann würde ich ihr ein passendes Crystal-Palace-Trikot kaufen und mit ihr zu einem richtigen Fußballspiel gehen, damit sie es nicht nur im Fernsehen gucken kann. Und anschließend würde ich ihr Pommes und Cola kaufen.

Esther ist neun. Sie liebt die Farbe Gelb. Wenn sie kein Gelb trägt, ist sie nicht sie selbst. Dann fühlt sie sich wie jemand, den sie nicht mag. Wenn ihre Kleider dreckig werden, regt sie sich auf, und als sie nach Skilly kam, war sie wütend, weil sie an einem hübschen Ort leben wollte. Sie ist genauso alt wie Zac, aber er kann sie nicht leiden. Manchmal spielt sie Verkleiden und er soll ihr Ehemann sein. Aber Zac will nicht Familie spielen. Er will Ritter und Soldaten spielen. Und er will auch keine Prinzessin retten.

Miles ist dreizehn wie Jimmy, aber er ist ziemlich klein, deshalb wirkt er jünger. Als er neu war, wollte Jimmy sich mit ihm prügeln, aber Miles ging einfach weg. Er hat winzige Hände und bleibt stundenlang in seinem Zimmer, wo er Sachen aus Stöckchen baut oder Sachen auseinandernimmt und wieder zusammensetzt. Hortense gibt ihm die abgebrannten Streichhölzer und daraus baut er Streichholzmännchen oder ganze Häuser. Einmal hat Silas Löcher in Kastanien gebohrt und Miles hat Streichhölzer durchgesteckt, so dass die Kastanien zu Rädern wurden und man kleine Autos hatte, mit denen wir Rennen gefahren sind. Sie hielten allerdings nicht lange, sondern gingen immer wieder kaputt.

Milap und Harit sind zehn und neun und sie sind Brüder. Milap kann richtig gut zaubern. Er kann kleine rote Bälle verschwinden lassen, die dann ganz woanders wieder auftauchen. Er kennt auch Kartentricks und weiß, welche Karte man hat, obwohl er sie nicht sieht. Harit mag Tiere, vor allem ausgestorbene. Da ist er wie Zac – er kennt die Namen aller Dinosaurier. Sein Lieblingssaurier ist der Triceratops, das ist der mit den drei Hörnern. Zac mag den Tyrannosaurus Rex am liebsten.

Aber Milap und Harit warten dauernd darauf, wieder aus Skilly wegzukommen. Das kann man spüren. Selbst wenn man sich mit ihnen unterhält, ist es, als hörte ein Teil von ihnen nicht richtig zu, weil es vielleicht klingeln könnte und ihre Mutter sie abholen kommt. Ihre Mutter ist im Krankenhaus, weil sie sich sehr viele Sorgen macht und ihr Gehirn sich ausruhen muss, und ihr Vater kann sich nicht um die beiden kümmern, weil er beim Gedanken an ihre Mutter traurig wird. Das nennt man psychisch krank. Man kann es nicht sehen wie einen Beinbruch, aber es ist genauso schlimm. Vielleicht sogar noch schlimmer. Wenn es ihrer Mutter besser geht, kommen sie alle wieder zusammen, denn dann wird es auch ihrem Vater besser gehen. Und dann können sie nach Hause.

Ostern

Heute haben wir alle Ostereier bekommen, auf denen in schnörkeliger Schokoladenschrift unser Name stand. Ashani sagte, sie hätte gesehen, wie Mrs Clanks sie aus einer Tasche genommen und auf den Küchentisch gelegt hätte, aber das glaube ich nicht. Ich glaube, Mrs Clanks hat sie vom Küchentisch genommen und in eine Tasche gelegt. So ist sie. Sie gönnt uns keine Freude. Es war ein Glück, dass Ashani gerade reinkam.

Nach dem Frühstück versteckte Silas die Eier im Garten und wir durften sie suchen. Jimmy fand seins als Erster. Ich fand Milaps, Milap fand Esthers, Esther fand Sophias und Sophia fand meins, und so tauschten wir alle. Es war das erste Mal, dass ich »Ira« mit Schokolade geschrieben sah, und es sah so schön aus. Wenn mein Name immer mit Schokolade geschrieben wäre, würde er mir viel besser gefallen.

Wir alle fanden unsere Eier ziemlich schnell, nur Zac nicht. Jimmy hatte seins schon fast aufgegessen und Ashani überredete uns immer wieder, ihres noch mal zu verstecken, doch Zac hatte seins immer noch nicht gefunden. Er wurde langsam ungeduldig. Silas wirkte beunruhigt, weil er acht Eier versteckt hatte und nicht mehr wusste, wo sie alle waren.

Esther sagte: »Du kannst meins haben, wenn du willst«, aber Zac sagte: »Nein, danke, da steht ›Esther‹ drauf!«

Ich dachte gerade, wie schnell ein schöner Moment zerstört werden kann, als Harit rief: »Guck!«, und da war Zacs Ei, hoch oben hinter dem Efeu an der Wand versteckt. Silas war überrascht, weil er alle Eier weiter unten versteckt hatte, daher glaube ich, dass Jimmy es verrückt hatte. Aber es war trotzdem alles okay.

Ein Ei mit seinem Namen darauf zu essen ist eins der schönsten Dinge der Welt. Aber es muss wirklich der eigene Name sein.

Ein perfekter Tag

APRIL 1989

Im Garten blühen jetzt Osterglocken und Gänseblümchen. Daran merkt man, dass es bald Sommer wird. Heute habe ich versucht sie zu zeichnen, aber sie sahen überhaupt nicht aus wie Blumen, also habe ich ihnen kleine Beine gemalt und sie in Insekten verwandelt. Es sah lustig aus, wie sie über die Seite krabbelten.

Zac und Harit jagten mit Pfeil und Bogen hintereinander her, aber das störte mich nicht, solange sie mich in Ruhe ließen. Ich saß in der Sonne und mein Rücken wurde ganz warm. Silas war nebenan in seinem Garten.

Silas lebt in dem Bungalow neben Skilly House. Wir dürfen seinen Garten nicht betreten, aber wenn wir ihn sehen, unterhalten wir uns über den Zaun mit ihm. Außer Mrs Clanks bemerkt das, dann kommt sie raus und schimpft mit uns. Sie sagt so Sachen wie: »Gönnt Silas auch mal ein bisschen Zeit für sich.« Und dabei wedelt sie dauernd mit den Händen, um die Insekten zu vertreiben. Sie mag die Natur nicht. Sie ist eher eine Stubenhockerin. Zac sagt, eines Tages wird er ihr mal eine Spinne auf den Rücken setzen, aber das tut er sicher nicht. Er hat viel zu viel Angst vor ihr. Er träumt nur davon – wie von dem Kampf gegen die Dinsosaurier. Ich glaube, noch nicht mal Jimmy würde so etwas tun.

Aber Silas unterhält sich gern mit uns. Er sagt dann zum Beispiel »Wie geht's?« oder »Was treibt ihr so?«. Einmal hat er uns eine Wanze gezeigt. Sie hatte ein gewölbtes grün-blaues Schildchen, deshalb heißt sie Schildwanze. Das Schildchen soll die Wanze schützen, aber das hatte nicht funktioniert, denn sie war tot, als Silas sie fand. Jetzt hat Zac sie. Er hat sie auf unser Fensterbrett gelegt, direkt neben Glenda Hyacinths Namen. Ich habe die Wanze etwas zur Seite geschoben, falls Glenda keine Insekten mag, aber es scheint ihr nichts auszumachen. Die Wanze ist richtig hübsch.

Silas findet dauernd etwas. Deshalb ist sein Garten auch voller Sachen. Er sagt, eines Tages kann er bestimmt etwas davon gebrauchen, aber ich weiß nicht. Er hat einen alten Tisch und Stapel mit Holz, mehrere Eimer mit Farbe und einen kaputten Stuhl und einen Käfig mit Hamsterrad, aber ohne Hamster. Normalerweise trinkt er Tee aus einem Becher, der so groß ist, dass eine ganze Kanne voll hineinpasst.

Einmal in der Schule sollten alle sagen, wie ihr perfekter

Tag aussieht, und ich konnte ihn mir nicht einmal vorstellen, weil ich noch nie etwas Perfektes gemacht habe. Mein Herz klopfte so laut, dass ich fürchtete, die ganze Klasse würde es hören. Andere Kinder sagten Sachen wie ins Disneyland fahren oder an einem Fluss zelten, aber als ich dran war, musste ich sagen, ich wüsste es nicht. Es war furchtbar peinlich. Aber ich glaube, mein perfekter Tag ist, bei Sonne im Garten zu sitzen und zu zeichnen, während Zac spielt und Silas in seinem Garten arbeitet. Also war heute ein perfekter Tag.

Als ich genug gezeichnet hatte, ging ich an den Zaun, um mich mit Silas zu unterhalten. Er schlug gerade einen Nagel in ein Stück Holz.

»Was machst du da?«, fragte ich.

»Ich zeig's dir.«

Er hob einen Stock hoch, an den ein Stück Pappe genagelt war. Es sah aus wie ein Riesenlutscher.

»Ist das ein Schild?«, fragte ich.

Er nickte.

»Damit will ich den Leuten zeigen, was ich denke.«

Auf dem Weg zur Schule sehen Zac und ich jeden Tag Menschen mit Schildern. Leute stehen damit vor der Stadtbücherei auf der Straße, sogar bei strömendem Regen. Wahrscheinlich haben sie Sandwiches dabei, denn wenn wir nach Hause gehen, sind sie immer noch da. Normalerweise steht auf den Schildern: KEINE KOPFSTEUER, oder: KANN UND WILL NICHT ZAHLEN, aber die Leute wirken nicht allzu wütend.

»Stellst du dich auch vor die Stadtbücherei?«, fragte ich.

»Nein«, sagte Silas. »Ich gehe zu einer Demonstration.«

»Wegen der Kopfsteuer?«

Er nickte.

»Zusammen mit anderen?«

Er lachte. »Hoffentlich.«

Hortense sagt, Kinder müssten sich keine Gedanken um die Kopfsteuer machen. Es sei eine Erwachsenensache. Sie sagt, es sei etwas, das Erwachsene bezahlen müssen, aber viele Leute seien besorgt, weil es so viel Geld ist. Deshalb haben sie die Schilder. Damit können sie allen zeigen, dass sie das für eine schlechte Idee halten. Hortense sagt, die Geschichte sei voller Menschen mit Schildern.

Ich habe schon viele solcher Schilder gesehen. Manchmal steht darauf: IN GOTT ALLEIN LIEGT DAS HEIL, und manchmal: CHARLIES MARINIERTES HÄHNCHEN 99 PENCE. Es kommt immer darauf an.

Ich glaube, das Leben wäre einfacher, wenn alle ein Schild hätten. Denn dann müsste man nicht laut aussprechen, was man denkt, und wäre nie unfreundlich. Es ist wie lautloses Schreien. Vielleicht könnte man so sogar einen Krieg beenden.

»Ich hätte auch gern ein Schild«, sagte ich.

»Was würdest du daraufschreiben?«, fragte Silas.

»Ich würde daraufschreiben: LASST MICH IN RUHE, wenn die anderen Kinder mich nerven.«

Er lachte. »Auf meinem würde stehen: WIE WÄR'S MIT EINER TASSE TEE?«

Nach diesem Gespräch dachte ich daran, was man alles auf so ein Schild schreiben könnte.

Auf Zacs Schild würde stehen: BIST DU MEINE MUTTER? Denn immer wenn er eine Frau entdeckt, die uns ähnlich sieht, denkt er, es wäre unsere Mutter. Wenn er ein Schild hätte, könnte er sich auf die Straße stellen und die Leute würden zu ihm kommen und Ja oder Nein sagen, oder sie gingen einfach vorbei, aber wenigstens müsste er mich dann nicht mehr dauernd fragen. Wahrscheinlich würden die meisten vorbeigehen. Vielleicht sogar alle.

Auf Esthers Schild würde stehen: GIBT'S DAS AUCH IN GELB? Auf Milaps und Harits würde stehen: HAT ES GEKLINGELT? Auf Ashanis würde stehen: CRYSTAL PALACE VOR! oder DAS WAR EIN FOUL oder DIE JUNGS HATTEN EINFACH PECH.

Ich hätte verschiedene Schilder für verschiedene Gelegenheiten. Ich hätte das eine, auf dem stehen würde: LASST MICH IN RUHE, für die Momente, wenn ich lese oder zeichne. Ich würde es an meinen Sessel lehnen, damit ich mein Buch festhalten könnte. Und ich hätte eins für die Momente, wenn Leute schrecklich sind oder mit mir schimpfen. Ich würde es Mrs Clanks oder meiner Lehrerin oder den anderen Kindern aus Skilly vor die Nase halten, wenn sie mich schlecht behandeln. Darauf würde stehen: HÖRT JETZT AUF! Und ich hätte noch eins – für die Momente, wenn Zac total peinlich ist und zum Beispiel bei Leuten klingelt und dann wegrennt. Darauf würde stehen: DAS IST NICHT MEIN BRUDER.

Wen ich am liebsten mag

Diese Leute mag ich am liebsten. Es sind nicht viele. Wenn ich mal sterbe, werden nicht viele Leute zu meiner Beerdigung kommen, weil ich nicht viele Leute kenne. Wenn ich eine Familie hätte, hätte ich Cousins, Tanten und Großeltern, aber ich habe niemanden außer Zac. Trotzdem habe ich für den Fall der Fälle eine Liste gemacht. Zac steht ganz oben, auch wenn er mich manchmal nervt.

Als Nächstes kommen Silas und Hortense. Silas, weil er der Beste ist, und Hortense, weil sie mich manchmal in den Arm nimmt und mir einen Kuss gibt, ganz ohne Grund. Und abgesehen von Anita ist sie die Einzige, die mich seit Jahren überhaupt geküsst hat. Außerdem geht sie in die Kirche und betet und singt Kirchenlieder, was sie zu einem richtig guten Menschen macht. Ich hoffe, sie betet auch für Zac und mich, denn wenn ich Gott wäre, wäre Hortense genau die Art Mensch, auf die ich hören würde, weil sie wie ein Engel ist.

Anita steht auch auf der Liste, weil sie immer nach uns sieht, und auch wenn sie es langsam satthaben muss, nach zwei Kindern zu sehen, die keiner haben will, lässt sie es sich nicht anmerken. Sie versucht einfach immer weiter, uns aufzuheitern und uns mit ihrer Haarfarbe zu überraschen.

Die Kinder aus Skilly stehen ebenfalls auf meiner Liste. Jimmy und Ashani habe ich ganz nach oben geschrieben, weil ich sie am liebsten mag. Alle anderen stehen auf einer Stufe, weil ich mich nicht zwischen ihnen entscheiden kann. Ich habe sie alle gleich gern.

Amanda und Kaleigh aus meiner Klasse habe ich auch auf die Liste gesetzt, allerdings ganz nach unten. Weil ich nicht immer weiß, ob sie nett sind, und weil ich mir nicht mal sicher bin, ob ich sie mag. Ich habe sie ganz unten hingeschrieben, damit ich sie abreißen kann oder das Blatt umknicken, falls ich es mir anders überlege.

Mrs Clanks steht nicht auf meiner Liste, weil ich mich in ihrer Gegenwart nicht wohlfühle. Erst dachte ich, sie wäre ein

Gespenst, aber jetzt weiß ich, dass sie einfach nur ein schrecklicher Mensch ist. Ich hoffe, sie wird nie ein Gespenst, denn wenn das der Fall sein sollte, wird es in Skilly auf ewig spuken und niemand wird mehr herkommen wollen, weil alle Kinder vor Angst sterben würden. Selbst als normaler Mensch verdirbt sie einem vieles. Ständig versucht sie, Kinder bei einem Fehler zu ertappen, und denkt dauernd irgendwas, von dem man nicht weiß, was es ist – außer, dass es nicht besonders nett sein kann.

Jimmy hat erzählt, sie hätte mal einen Jungen im Schrank eingesperrt und nicht wieder rausgelassen, und er wäre dann dort gestorben. Das hat er Zac erzählt und Zac hat es mir erzählt. Vor Angst hatte Zac die Augen ganz weit aufgerissen und er war richtig aufgeregt. Wie an dem Tag, als der Baum umgestürzt ist.

»Und als der Junge gestorben ist, wurde er zu einem Skelett«, sagte er, »und als schließlich jemand den Schrank aufmachte und das Skelett herausfiel, wusste keiner, wer es war und ob es überhaupt ein Junge oder ein Mädchen war, weil man das einem Skelett nicht ansieht.«

»Red keinen Blödsinn, Zac, das würde sie nicht tun. Irgendjemand könnte es herausfinden.«

»Doch, es stimmt«, sagte Zac. »Jimmy hat es mir erzählt und er ist schon am längsten hier.«

Deshalb fragte ich Hortense: »Ist mal ein Kind in Skilly einfach verschwunden und jahrelang nicht wieder aufgetaucht?«

»Nein, was redest du da? Kinder gehen von hier weg, aber woandershin und sie lösen sich nicht einfach in Luft auf.«

»Ich glaube, man hat das Kind schließlich wiedergefunden, aber da war es nur noch ein Skelett.«

Hortense lachte. »Wer erzählt dir denn solche Geschichten?«

»Niemand«, sagte ich.

Dann blickte sie hinauf in den Himmel, falls Gott sie gerade beobachtete. Das tut sie immer, wenn sie darüber nachdenkt, wie dumm die Welt manchmal ist. Und anschließend nahm sie mich in den Arm, und das heißt, es war wohl okay. Hortense ist schon länger hier als Jimmy, also muss sie es wissen.

Aber selbst wenn Mrs Clanks niemanden in einen Schrank gesperrt hat, will ich sie nicht auf meiner Liste haben und ich will nicht, dass sie zu meiner Beerdigung kommt, weil sie nicht besonders nett ist. Sie findet es furchtbar, hier zu sein, und sie findet es auch furchtbar, dass wir hier sind.

Einmal hat ihr Mann sie nach der Arbeit abgeholt. Er wartete draußen im Auto auf sie. Ich wusste gar nicht, dass sie einen Mann hat, aber Hortense sagte, das wäre er. Als Mrs Clanks ins Auto stieg, lächelte sie ihn richtig an, nicht so wie uns immer. So froh war sie, aus Skilly wegzukommen.

Ich glaube, Mrs Clanks wollte als Kind bestimmt mal Stewardess oder Trapezkünstlerin werden und ist jetzt enttäuscht, dass sie hier gelandet ist. Deshalb stellt sie so viele Regeln auf. Sie will, dass alle anderen auch unglücklich sind.

EINIGE SKILLY-REGELN:

* *Wir werfen unsere Taschen und Jacken nicht auf den Boden.*
* *Wir stören Erwachsene nicht, wenn sie beschäftigt sind.*
* *Wir kämpfen nicht mit Stöcken.*
* *Wir stören Silas nicht, wenn er in seinem Garten ist.*
* *Wir sagen Hortense Bescheid, wenn das Toilettenpapier alle ist.*
* *Wir werfen kein Toilettenpapier ins Waschbecken.*
* *Wir rennen nicht durchs Haus, außer im Notfall, zum Beispiel wenn es brennt. Aber wenn es brennt, rennen wir nicht, sondern verlassen geordnet das Haus.*
* *Wir verstellen die Notausgänge nicht, damit man sie benutzen kann.*
* *Wir nehmen kein Essen mit aufs Zimmer.*

Glenda Hyacinth

MAI 1989

Heute ist etwas Unglaubliches geschehen! Ich werde es niemandem sagen, weil es mein Geheimnis ist. Ich bin so glücklich, dass ich mich zwingen muss, nicht mehr herumzutanzen, denn als Zac mich gesehen hat, fragte er: »Was ist los mit dir?«, und ich werde niemandem sagen, was los ist.

Und das ist geschehen: Mir ist ein Bleistift hinters Bett gefallen und als ich darunterkroch, um ihn zu holen, bewegte sich ein Stück Diele. Und unter der Diele lag ein Brief! Seit ich neun war, habe ich über einem Brief geschlafen und wusste nichts davon! Ich habe an nichts anderes gedacht als an die Vögel auf dem Dach. Der Brief steckte in einem Umschlag, auf den Sterne gemalt waren und auf dem stand: *An den unbekannten Empfänger*, was bedeutet, dass derjenige, der ihn geschrieben hat, nicht wusste, wie der Empfänger heißen würde.

Als ich ihn gefunden hatte, stockte mir der Atem. Ich wusste nicht, was ich tun sollte. Ich saß auf dem Boden und starrte den Brief einfach bloß an. Und dann dachte ich, wenn er nicht an jemand Bestimmten gerichtet ist, kann er auch für mich sein, und ich machte ihn auf. Und in dem Umschlag steckte ein Brief von Glenda Hyacinth!

Der Brief ist von 1947, also schon sehr alt, aber das Papier ist nicht vergilbt oder brüchig. Der Brief sieht aus, als hätte sie ihn gestern erst geschrieben. Ich glaube nicht, dass irgendjemand außer Glenda und mir ihn je in der Hand hatte. Die Schrift ist altmodisch und ordentlich und alle Buchstaben sind gleich groß und in dieselbe Richtung geneigt. Und das steht darin:

24. September 1947

An den unbekannten Empfänger

Ich hoffe, wer immer diesen Brief findet, ist ein Mädchen. Es gibt hier schon zu viele Jungen. Wenn du ein Junge bist, leg den Brief bitte wieder zurück.
Mein Name ist Glenda Hyacinth und ich bin elf Jahre alt. Ich lebe in Skilly House, einem Waisenhaus. An meine Familie kann ich mich nicht erinnern, aber sie fehlt mir sehr. Vor allem meine Mutter fehlt mir. Ich hoffe, wer immer das hier liest, hat eine Familie, und dass es keine Waisenhäuser mehr gibt und jeder ein schönes Zuhause hat.

In der Schule habe ich heute Schläge mit dem Rohrstock bekommen, weil ich das Einmaleins nicht konnte. Ich musste in der Ecke stehen und es immer wieder üben und ich durfte nicht in die Pause und musste die Luft anhalten, um nicht zu weinen.
Am besten bin ich in Schönschrift. Das sagt sogar mein Lehrer. Du findest das hoffentlich auch. Ich achte immer darauf, dass die Buchstaben die Linien berühren.
Am liebsten spiele ich auf dem Trümmergrundstück gegenüber. Früher stand dort ein großes Haus, aber jetzt ist nur noch Schutt übrig, weil die Deutschen es bombardiert haben. Ich tue immer so, als ob das Haus noch da wäre und ich dort wohnen und meiner Mutter dabei helfen würde, Essen zu kochen und den Tisch zu decken. Einmal habe ich ein rotes Schleifenband gefunden. Ich habe es gewaschen und behalten und jetzt trage ich es. Ich habe auch das Foto einer Familie gefunden, aber das habe ich nicht behalten. Ich habe ein Loch gebuddelt und es vergraben.
Außerdem klettere ich gern auf den Baum im Garten. Wenn ich fliegen könnte, würde ich bis in die Krone des Baumes klettern, wegfliegen und nie zurückkehren.

Alles Liebe,
Glenda

Ich war so überwältigt, dass ich den Brief immer und immer wieder las, einfach nur um sicherzugehen, dass er echt war. Und während ich las, sah ich ständig zur Tür, für den Fall, dass Zac reinkäme, denn ich wollte nicht, dass er mich auslachte oder es allen erzählte. Inzwischen kann ich den Brief auswendig. Ich habe schon immer über Glenda nachgedacht und jetzt habe ich das Gefühl, ich hätte sie persönlich kennengelernt. Dann schrieb ich ihr zurück.

14. Mai 1989

Liebe Glenda,

ich hoffe, es macht dir nichts aus, dass ich dir schreibe, aber ich habe deinen Brief unter der Diele gefunden. Ich bin ein Mädchen, teile mir das Zimmer allerdings mit meinem Bruder Zac. Ich hoffe, das ist okay. Er will sich das Zimmer immer mit mir teilen, aber ich finde das nicht schlimm. Wahrscheinlich würde ich mich in einem Zimmer für mich ganz allein einsam fühlen. Ich hoffe, du warst hier nicht allzu einsam. Ich bin zehn drei viertel. Zac ist neun.
Eigentlich heiße ich Miracle, aber alle nennen mich Ira. Und Zac heißt in Wirklichkeit Zackery.
Es war so schön, deinen Brief zu lesen. Ich kenne deinen

Namen, weil er auf dem Fensterbrett steht. Du musst ganz schön fest aufgedrückt haben, denn er ist richtig tief eingeritzt.
Es tut mir leid, dass du Schläge mit dem Rohrstock bekommen hast, weil du das Einmaleins nicht konntest. Wenn ich geschlagen würde, weil ich das Einmaleins nicht könnte, wäre ich grün und blau, aber meine Lehrerin schlägt mich nicht, wenn ich es nicht weiß. Sie verdreht nur die Augen.
Gegenüber ist kein Trümmergrundstück mehr. Dort steht jetzt ein Mietshaus, in dem ganz viele Leute wohnen. Ich glaube, sie wissen nicht, dass sie beim Teekochen oder Frühstücken von Gespenstern beobachtet werden. Im Garten von Skilly House gibt es auch keinen Baum mehr. Ein Sturm hat ihn umgeworfen. Zac und ich haben es gesehen. Es war unglaublich.
Skilly ist immer noch ein Waisenhaus, aber heute wird es Kinderheim genannt. Zac und ich haben auch keine Eltern mehr und mir fehlen sie wie dir. Es ist, als hätte man ein Loch im Herzen.
Ich werde deinen Brief zurück unter die Diele legen und meinen Brief lege ich dazu. Vielleicht findet ein anderes Mädchen in der Zukunft sie. Und vielleicht halten Leute Pflegekinder dann ja für etwas Besonderes und behandeln sie sogar noch besser als andere Kinder, und Skilly ist dann

wie ein Palast und alle wollen dorthin. Kannst du dir das vorstellen?
Ich weiß, dass du inzwischen sehr alt sein musst oder sogar schon tot, aber ich werde mir dich als meine Freundin vorstellen. Du kannst dir mich auch als Freundin vorstellen, wenn du willst, selbst wenn du ein Gespenst bist. Und wenn du Zac und mir manchmal zusehen willst, ist das okay.

Liebe Grüße von Ira

PS: Deine Handschrift ist viel schöner als meine. Ich schaffe es nicht, dass all meine Buchstaben die Linien berühren. Sie hauen einfach immer in alle möglichen Richtungen ab.

Dann holte ich einen Umschlag, der noch von einer Geburtstagskarte übrig war, steckte meinen Brief hinein und schrieb *Entschuldige den Briefumschlag* auf die Rückseite, weil er rosa war. Dann schrieb ich *An Glenda* vorne drauf und legte ihn zusammen mit Glendas Brief unter die Diele.

Und jetzt fühlt es sich an, als hätte ich eine neue Freundin, obwohl sie aus der Vergangenheit ist. Und obwohl sie wahrscheinlich längst tot ist. Ich wollte schon immer eine besondere Freundin haben und jetzt habe ich eine.

Stadtkinder – Landkinder

JUNI 1989

Zac und ich fahren in die Ferien! Zum ersten Mal in unserem Leben! Alle Kinder aus Skilly waren schon in den Ferien, außer uns. Ich weiß nicht, ob es damit zu tun hat, dass wir zu zweit sind und zusammenbleiben wollen, aber wir sind noch nie verreist. Wir haben Ausflüge gemacht, nur eben noch keine Ferien. Anita ist mal mit uns in die Nationalgalerie am Trafalgar Square gefahren, wo wir uns die alten Gemälde angesehen haben. Mir hat es gut gefallen, aber Zac wurde es langweilig und er löste den Alarm aus, weil er über das Seil stieg, das die Leute davon abhalten soll, die Gemälde anzufassen. Anschließend haben wir am Trafalgar Square gepicknickt, sind auf die Löwenstatuen geklettert und haben die Tauben gefüttert. Die Tauben sind richtig durchgedreht. Man konnte nichts mehr sehen bis auf ihre flatternden Flügel und nickenden Köpfe.

Mit der Schule habe ich auch einmal eine Bootsfahrt auf der Themse gemacht. Wir fuhren unter den Brücken hindurch und ein Mann erzählte uns die Geschichte von London und zeigte uns besondere Gebäude. Wir konnten ihn nicht sehen. Seine Stimme kam aus der Wand, aber ich glaube, er stand oben auf dem Boot. Es hat mir allerdings nicht gefallen. Mir war so übel, dass ich gar nicht rausschauen konnte.

Aber Zac und ich waren noch nie eine Woche oder auch nur eine Nacht weg und sind dann zurückgekommen. Wenn wir für eine Nacht wegfahren, kommen wir nicht zurück. Nie.

Die Ferien werden von »Stadtkinder – Landkinder« organisiert. Das ist eine Hilfsorganisation, bei der Leute, die auf dem Land leben, Stadtkinder bei sich wohnen lassen. Ein bisschen ist es wie früher, als die Leute auf dem Land Evakuierte wie Silas aufgenommen haben – nur dass sie sie jetzt nicht jahrelang behalten müssen. Sie können sie eine Woche behalten und dann wieder zurückschicken. Das ist besser so, falls sie sie nicht mögen.

Mrs Clanks rief uns in ihr Büro. Wir hatten Angst, weil Kinder dort normalerweise schlechte Nachrichten mitgeteilt bekommen oder ausgeschimpft werden. Ich war bisher schon zweimal dort. Einmal, weil ich gelogen hatte, um Zac zu decken, der eine Packung Kekse aus Hortenses Dose, die hinter dem Reis in der Speisekammer versteckt war, genommen hatte. Jetzt steht die Dose hinter den Cornflakes auf dem Kühlschrank, wo er nicht drankommt, selbst wenn er auf einen

Stuhl steigt. Ich bekam genauso viel Ärger fürs Lügen wie Zac fürs Stehlen der Kekse. Mrs Clanks sagte, wenn wir so was machten, würden wir unser Leben zerstören. Sie brüllte nicht. Sie starrte uns einfach nur an, als könnte sie sehen, wie schrecklich wir im Inneren waren. Mir wurde ganz kalt davon.

Das andere Mal war, als in meinem Zeugnis stand, ich würde während des Unterrichts aus dem Fenster gucken. Mrs Clanks klopfte mit dem Finger auf den Schreibtisch und sagte: »Wenn du nicht aufpasst, erreichst du nichts«, was bedeutet, dass mein Leben verschwendet wäre. Aber ich glaube, mein Leben ist sowieso verschwendet. Was ist das Leben eines Pflegekinds denn schon anderes als Verschwendung?

Doch als wir diesmal ihr Büro betraten, lächelte sie irgendwie. Mein Herz machte einen Satz (aber nicht auf gute Art), weil ich mich fragte, ob sie uns wegschicken würde und deswegen so fröhlich war. Sie hatte eine gelbe Schleife im Haar.

Eine Schleife im Haar zu tragen ist Mrs Clanks Erkennungszeichen, was bedeutet, das unterscheidet sie von anderen. Wenn jemand nicht wüsste, wie sie aussieht, würde man sagen: die Frau mit der Schleife. So wie Einbrecher gestreifte Pullover tragen und Franzosen geschwungene Schnurrbärte haben. Mir gefällt es allerdings nicht. Es sieht einfach komisch aus. Vielleicht will sie jung wirken, aber das funktioniert nicht, im Gegenteil. Es macht sie sogar noch älter.

Als wir uns gesetzt hatten, sagte sie: »Ich habe gute Nachrichten für euch. Ich habe jemanden gefunden, bei dem ihr Ferien machen könnt.«

Dann wartete sie, dass wir etwas sagten. Aber wir sagten nichts. Wir waren zu überrascht.

»Es war nicht leicht, euch zusammen unterzubringen«, sagte sie, »aber eine Miss Freeman wird euch nehmen. Das ist eine großartige Gelegenheit. Ihr fahrt im Sommer hin. Ich begleite euch mit der Bahn, ihr bleibt eine Woche dort und dann hole ich euch wieder ab und bringe euch zurück nach Skilly.«

Da wurde mir ganz flau im Magen. Ich wusste nicht genau, ob ich glücklich oder besorgt war, und davon wurde mir ganz schwindelig. Denn mit Mrs Clanks Bahn zu fahren war der schlimmste Ferienbeginn, den ich mir vorstellen konnte. Allerdings wird sie uns dann dortlassen und das ist okay.

»Ihr müsst immer höflich sein«, sagte Mrs Clanks, »und alles machen, worum man euch bittet, und anschließend wird Miss Freeman mir sagen, wie ihr euch benommen habt. Was haltet ihr davon?«

Ich wusste nicht genau, was ich davon hielt, also nickte ich nur und sagte: »Danke schön.«

Zac kniff die Augen zusammen und saß einfach nur da. Das macht er immer, wenn er sich verstecken will. So wie kleine Kinder, die sich die Augen zuhalten und glauben, dann könnte man sie nicht sehen. Nur, dass Zac schon neun ist. Ich hoffe, er ist da bald rausgewachsen.

Mrs Clanks musterte Zac einen Moment lang.

Dann sagte sie: »Also gut, ab mit euch.«

Ich zog Zac am Arm und er folgte mir nach draußen. Er machte nicht die Augen auf und stolperte über mich. Als wir im Flur standen, lehnte er sich an die Wand, so weiche Knie schien er zu haben.

Er glaubt, dass Mrs Clanks uns im Wald aussetzen wird wie Hänsel und Gretel, damit die Tiere uns fressen. Ich habe auch Angst. Nicht davor, dass wir im Wald ausgesetzt werden, aber davor, dass wir vielleicht nicht wiederkommen.

Das erzählte ich Hortense und sie sagte: »Ira, mach dir keine Sorgen, ihr werdet eine wunderschöne Zeit verbringen. Ihr wollt bestimmt gar nicht wieder zurückkommen, aber wenn es dann so weit ist, werden wir hier sein.«

Silas sagte: »Du wirst die Zeit dort nie vergessen, Ira. Stürz dich drauf.«

Als er das sagte, musste ich an das Weihnachtsessen denken, weil ich mich da auch immer draufstürze. Es ist mein Lieblingsessen – bis auf die Füllung. Meine anderen Lieblingsessen sind Würstchen mit Kartoffelbrei, wenn Hortense es macht, und Fish and Chips am Strand, wenn man die Möwen verjagen muss. Ich habe noch nie Fish and Chips am Strand gegessen. Das ist mein Lieblingsessen in der Zukunft.

Nachdem ich mit Silas und Hortense gesprochen hatte, machte ich mir nicht mehr ganz so große Sorgen. Dann erzählte ich es allen anderen. Esther war ein bisschen beleidigt, obwohl sie schon zweimal in den Ferien war und wir noch nie. Wahrscheinlich würde sie gerne noch mal fahren. Jimmy ist sauer. Er fragte: »Wie lange denn?«, und ich antwortete: »Eine Woche.« Da sagte er: »Aha …«, so als kämen nach dem »Aha« noch lauter Punkte und wir würden gar nicht wirklich wiederkommen. Und jetzt geht er mir aus dem Weg. Sophia und Miles würden gern mitkommen, Milap sagte: »Wie schön!«, und Harit: »Das zahle ich dir heim!« Dann jagte er Zac durch den Garten.

Ashani ist ganz aufgeregt. Sie sagte: »Ihr müsst SOFORT anfangen zu packen«, obwohl es noch Wochen dauert, bis wir fahren, und dann schrieb sie mir eine Liste. Darauf stand:

IN DIE FERIEN MITNEHMEN:

* *liblingsspielzeug*
* *liblingskleider*
* *liblingsbeschäftigung*

»Liebling« war immer falsch geschrieben. Aber ich korrigierte sie nicht. Ich umarmte sie bloß und sagte: »Du bist mein liblingsmädchen.«

Glenda habe ich auch von den Ferien erzählt. In Gedanken. Ob sie wohl mal in den Ferien war? Ich hoffe, sie freut sich, dass sie unser Zimmer eine Woche lang für sich hat.

Ashani

JULI 1989

Ashani war gestern bei ihrer neuen Familie. Schon zum dritten Mal. Vielleicht adoptieren sie sie. Es gibt dort einen Garten, und wenn Ashani zu ihnen zieht, kaufen sie ihr ein Tor, damit sie Fußball spielen kann. Sie haben schon eine erwachsene Tochter, die auf die Universität geht. Ashani hat sie kennengelernt und meinte, sie wäre nett. Sie trägt eine Brille und benutzt grünen Nagellack und sie raucht, weshalb ihr Atem komisch riecht. Ashani sagt, sie mag die Familie, aber gestern Abend kam sie in ihrem Häschenschlafanzug in unser Zimmer und weinte. Sie wusste nicht, warum. Sie war nur ganz durcheinander.

Ich ließ sie bei mir im Bett schlafen. Zac machte das nichts aus. Er kommt jetzt nicht mehr in mein Bett und außerdem mag er Ashani. Heute Morgen war sie wieder wie immer. Sie hüpfte mit Hasensprüngen die Treppe hinunter, während Zac wie ein Fuchs hinter ihr herjagte.

Ich hoffe, Ashanis Familie nimmt sie nicht nur in Pflege, sondern richtig auf, damit sie nicht noch mal umziehen muss.

Milap und Harit

Milap und Harit haben heute ihre Eltern besucht. Sie waren so glücklich und haben ununterbrochen davon erzählt. Sie sind im Park rudern gewesen und anschließend im Café. Milap bestellte Spiegeleier mit Pommes und Harit Spiegeleier mit Bohnen und Pommes und ihr Vater Spiegeleier mit Bohnen, Pommes und Tomaten. Ihre Mutter hatte keinen Appetit und trank nur eine Tasse Tee. Es klang wundervoll.

Aber später bei uns wollte Milap nichts essen.

Hortense sagte: »Komm schon, iss was, sonst kriegst du nachher Hunger.«

Sie sagte es ganz freundlich, aber Milap sprang plötzlich auf und warf seinen Teller auf den Boden. Der Teller ging kaputt und das Essen flog überall herum. Es gab Spaghetti Bolognese, deshalb war es eine Riesensauerei. Einzelne Spaghetti klebten an den Küchenschränken. Sie sahen aus wie Würmer.

Dann brüllte Milap: »Ich hasse es hier!«, und anschließend konnte er gar nicht mehr aufhören zu brüllen, als hätte in seinem Kopf nichts anderes Platz. Immer wieder brüllte er: »Ich hasse es hier! Ich hasse es!«, und dann rannte er rauf in sein Zimmer, und obwohl er seine Tür zuknallte, konnten wir ihn immer noch brüllen hören.

Harit sagte nichts. Er hielt sich die Ohren zu und klappte den Mund auf, wie um zu schreien, doch es kam kein Ton heraus. Noch nicht mal ein Flüstern. Es war schrecklich, weil ich nicht erkennen konnte, wie schlimm es war, aber wusste, dass es sehr schlimm sein musste. Es war sogar noch fürchterlicher als Milas Gebrüll.

Hortense brachte Harit weg und Silas blieb bei uns, bis wir fertig gegessen hatten. Allerdings aß niemand fertig, weil uns allen der Appetit vergangen war. Wenn schon Milap, der eigentlich ganz lieb und nett ist, so brüllen und seinen Teller runterwerfen kann, was war dann mit uns? Wir sind nämlich nicht wie andere Leute. Bei anderen Leuten sind die Gefühle aufgefächert wie eine Farbskala, wo man von Rot erst an Lila vorbeimuss, bevor man zu Blau kommt. Aber unsere Gefühle liegen direkt nebeneinander, das heißt: Gerade noch sind wir fröhlich und dann plötzlich wütend und manchmal spüren wir auch gar nichts. Es ist beängstigend, so zu sein.

Packen

AUGUST 1989

Zac und ich fahren morgen in die Ferien. Als wir beim Packen waren, kam Ashani mit ihrem Crystal-Palace-Trikot herein.

»Willst du das mitnehmen?«, fragte sie. »Wenn du magst, leihe ich es dir.«

Sie meinte mich, denn Zac ist Arsenal-Fan.

»Nein, danke, Ashani«, sagte ich. »Das ist zu wertvoll.«

Sie wirkte erleichtert.

Dann sagte ich: »Ich wünschte, ich könnte stattdessen dich mitnehmen«, und ich kitzelte sie und sie lachte und sagte: »Ich auch.«

Die Fahrt in die Ferien

Zac war heute Morgen übel. Er sagte, ihm sei so schlecht, dass er nicht in die Ferien fahren könne.

»Du musst aber«, sagte ich. »Es ist eine großartige Gelegenheit.«

Er sagte: »Wir kommen nicht wieder, stimmt's?«

»Natürlich kommen wir wieder. Wir sind nur eine Woche weg.«

Er glaubte mir nicht.

Dann sagte ich: »Na ja, ich fahre auf jeden Fall, selbst wenn du nicht mitkommst«, was nicht stimmte. Ich wäre nie ohne ihn gefahren. Ich hatte nicht gedacht, dass er mir glauben würde, aber das tat er. Er schob die Unterlippe vor und sagte kein Wort mehr.

Mrs Clanks sagte, wir sollten unsere besten Kleider anziehen. Die, die wir sonst nie tragen, weil sie so unbequem sind. Zac zog das weiße Hemd mit dem Kragen an, der ihm in den Nacken schneidet, und die Shorts mit dem kratzigen Bund. Ich trug das grüne Kleid, das ich habe, seit ich neun bin. Als ich es bekam, war es zu groß, und jetzt ist es zu klein. Wir sahen aus wie zwei Witzfiguren. Nur, dass wir nicht witzig waren.

Hortense gab uns Sandwiches für den Zug mit. Ihre Augen glänzten, und als ich mich verabschiedete, umarmte sie mich ganz fest. Ich wäre am liebsten für immer so stehen geblieben. Zac rührte sich nicht, als sie ihn umarmte, aber ich wusste, dass er auch nicht loslassen wollte. Er wollte die Zeit anhalten.

Ich wünschte, Hortense könnte uns adoptieren. Und unsere Mutter sein.

Dann sagte ich »Bis bald« zu Jimmy, aber er sah weg.

Wir setzten uns auf die Rückbank von Silas' altem Auto, die er immer erst leerräumen muss, bevor wir einsteigen können, weil er dauernd irgendwelchen Kram einsammelt. Mrs Clanks stieg vorne ein, in den Haaren ein getupftes Schleifenband. Sie sagte nicht »Guten Morgen«. Sie sagte bloß: »Seid ihr angeschnallt?« Anschließend sprach niemand mehr. Es erinnerte mich an den Tag, als wir nach Skilly gekommen waren.

Silas wartete mit uns am Bahnhof. Als der Zug kam, sagte Mrs Clanks: »Wagen drei, hier entlang«, und lief über den Bahnsteig. Ich dachte schon, sie würde ihre Schleife verlieren, stellte mir vor, wie sie im Dreck lag, aber sie blieb stecken.

Als wir einstiegen, sagte Silas: »Also, vergesst nicht, warum ihr da hinfahrt – um Spaß zu haben.«

Ich hatte einen dicken Kloß im Hals. Zac drückte das Gesicht in Silas' Jacke.

»Und du, Kleiner«, sagte Silas, »renn ganz viel rum und tob dich richtig aus, ja?«

Wir hatten einen Platz mit Tisch. Zac und ich saßen auf einer Seite und Mrs Clanks auf der anderen. Silas hob unsere Taschen in die Gepäckablage und sagte: »Bis nächste Woche. Ich hole euch dann ab.«

Er winkte uns vom Bahnsteig aus zum Abschied zu und wir sahen, wie er immer kleiner wurde, bis der Zug um eine Ecke bog und Silas nicht mehr zu sehen war. Zac war den Tränen nahe.

Mrs Clanks holte einige Papiere aus der Tasche.

»Macht es euch etwas aus, wenn ich arbeite?«, fragte sie.

Wir schüttelten die Köpfe, weil es uns nichts ausmachte. Wir waren sogar froh, denn wir wollten nicht mit Mrs Clanks reden. Wir reden nie mit ihr, außer wenn sie uns sagt, was wir tun sollen, und dann reden wir auch nicht. Sondern sie.

Manchmal stellen wir uns vor, sie wäre ein Roboter, und dann tun wir so, als wären wir sie. Wir ziehen sie auf, setzen eine steinerne Miene auf und dann lassen wir sie immer schneller laufen und mit Sachen zusammenstoßen. Zac ist richtig gut darin. Selbst wenn er hinfällt, bleibt sein Gesicht völlig ausdruckslos. Er ist wirklich witzig.

Aber ich glaube, es ist auch das Beste, ein Roboter zu sein, wenn man Mrs Clanks' Beruf hat, denn egal, was geschieht, sie sieht immer gleich aus. So muss man sein, wenn man sich um Pflegekinder kümmert. Sie schreit nicht und weint nicht, selbst wenn die Kinder ganz aufgeregt sind, und ihr Lächeln ist immer genau dasselbe – egal, ob sie »Hallo« sagt oder »Pass auf!«. Es ist die Art Lächeln, die man braucht, wenn man nicht weiß, ob die Nachricht, die man überbringt, gut oder schlecht ist.

Sobald wir Silas nicht mehr sehen konnten, fing Zac an herumzuzappeln. Ich holte mein Skizzenbuch heraus.

»Mal ein Bild von Mrs Clanks«, flüsterte er.

Ich zeichnete sie mit einem winzigen Kopf und winzigen Händen, wie sie ein riesiges Stück Papier las. Zac versuchte ihr einen Schnurrbart zu malen, aber ich ließ ihn nicht. Er machte so viel Theater, dass ich das Skizzenbuch schließlich zuklappte.

»Komm, wir zählen Tiere«, sagte ich.

London flog vorbei. Ich hatte das Gefühl, es hörte gar nicht mehr aufs. Es gab Straßen und Geschäfte und Wohnungen und Häuser und Parks und überall waren Menschen. Wir mussten schon an Millionen und Abermillionen Menschen vorbeigekommen sein, aber das einzige Tier, das wir sahen, war ein wütender Hund, der auf einem Stück Holz herumkaute.

»Langweilig«, sagte Zac, drückte die Zunge ans Fenster und leckte über die Scheibe.

»Zac, lass das«, sagte Mrs Clanks.

Er hörte sie erst nicht, sondern leckte einfach weiter. Dann bemerkte er, dass sie ihn ansah, und zog die Zunge ein. Er sah wütend aus.

»Bitte mach so was nicht, während du weg bist«, sagte Mrs Clanks. »Ich bin sicher, Miss Freeman wird das nicht gefallen.«

Auf der Scheibe war jetzt ein Fleck, der aussah wie eine riesige Schneckenspur. Mrs Clanks gab Zac ein Taschentuch, aber der Fleck ging nicht weg. Wahrscheinlich hätte man Seife gebraucht, um es abzukriegen.

Ich versuchte das Thema zu wechseln, damit wir nicht länger daran denken mussten.

»Wie ist Mrs Freeman so?«, fragte ich.

»Ich kenne sie nicht persönlich«, sagte Mrs Clanks, »aber sie soll sehr nett sein. Sie war früher Schulleiterin, daher hat sie viel Erfahrung damit, sich um Kinder zu kümmern. Sie ist vermutlich vom alten Schlag und wird keinen Unsinn dulden. Ihr müsst euch also gut benehmen.«

Dann sah sie Zac an.

»Zac?«, sagte sie.

Sie hängte ein Fragezeichen an seinen Namen, was heißen sollte: »Du wirst dich doch benehmen, nicht wahr, Zac?«

Zac antwortete nicht, er seufzte bloß. Er versuchte noch nicht mal, den Seufzer zu unterdrücken, sondern machte ein ganz lang gezogenes »Hhhhhhhh«. Es war ihm egal, was Mrs Clanks dachte.

Ich versuchte zu lächeln, denn ich wollte nicht, dass Mrs Clanks dachte, andere Kinder wären womöglich dankbarer, und uns dann wieder mit zurück nach London nahm. Aber als sie »vom alten Schlag« gesagt hatte, musste ich an Glenda denken, die mit dem Rohrstock geschlagen worden war, weil sie das Einmaleins nicht konnte. Es klang überhaupt nicht spaßig.

Plötzlich rief Zac: »Kühe!«, und tatsächlich war da eine ganze Weide voll. Nicht nur eine einzige Kuh wie auf dem Stadtbauernhof, sondern richtig viele, die alle kauten und mit den Schwänzen zuckten.

»Und Schafe«, sagte er, denn dann kam eine Weide mit Schafen, die alle in einer langen Reihe standen, als würden sie sich für das beste Stück Gras anstellen.

Anschließend sahen wir den Rest der Fahrt über aus dem Fenster. Es war so schön. Den Fleck auf der Scheibe beachteten wir einfach gar nicht. Es gab Farmen und Felder und Flüsse und Wälder und Menschen, die angelten und ihre Hunde spazieren führten, und kleine Städte und Dörfer. Wir sahen einen großen Vogel durch die Luft fliegen und überlegten, ob es eine Krähe oder ein Adler war. Zac hielt ihn für einen Adler. Dann regnete es und die Regentropfen rannen quer über die Scheibe und sahen aus wie Kaulquappen, die Fangen spielten. Schließlich aßen wir unsere Sandwiches und da kam die Sonne heraus und es gab einen Regenbogen.

Als wir aus dem Zug stiegen, fühlte ich mich ganz zerknittert, als hätte ich in einer kleinen Kiste gesteckt. Zac ging es genauso. Während wir noch auf dem Bahnsteig standen, ließ er die Arme kreisen wie eine Windmühle. Dann versuchte er ein Rad zu schlagen.

»Zac, bitte«, sagte Mrs Clanks. »Willst du mit mir zurück nach London kommen?«

Als alle gegangen waren, stand nur noch eine komisch aussehende Frau auf dem Bahnsteig. Sie hatte den Kopf wie ein Huhn vorgestreckt und wippte und nickte ununterbrochen damit. Kaum hatte sie uns gesehen, eilte sie mit ausgestreckter Hand auf uns zu.

»Mrs Clanks?«, fragte sie.

Sie lächelte, wirkte aber gleichzeitig ernst und ihre Stimme klang leise und hoch wie die eines Kindes, obwohl sie ziemlich alt war. Mrs Clanks schüttelte ihr die Hand.

»Miss Freeman, schön, Sie kennenzulernen«, sagte sie.

»Nennen Sie mich Martha«, sagte die Frau.

Sie hatte eine silberne Brille und eine Kette, die von der Brille um ihren Hals führte, falls sie einmal runterfiel. Ihr Haar war braun mit etwas Grau darin und hochgesteckt, doch es hatten sich einzelne Strähnen gelöst. Sie trug ein ärmelloses gelbes Kleid wie ein kleines Mädchen und sie war sehr groß. Auf ihrem Kleid waren Farbflecken und sie hatte große Füße wie ein Mann und trug rote Sandalen. Zac stieß mich an. Ich wusste, dass er grinste, aber ich beachtete ihn nicht.

Die Frau beugte sich zu uns herab. Sie war eine Mischung

aus alt und jung. Sie hatte Falten, aber helle leuchtende Augen wie Ashani. Dann fiel mir etwas auf, das ich noch nie bei einem Erwachsenen bemerkt hatte – sie war schüchtern! Ich hatte noch nie einen schüchternen Erwachsenen gesehen. Ich hatte immer angenommen, Erwachsene könnten gar nicht schüchtern sein, weil sie so viele Erwachsenensachen machen müssen. Aber sie wirkte tatsächlich so – schüchtern.

»Du musst Miracle sein«, sagte sie.

Ich nickte, auch wenn ich diesen Namen hasse. Aber ich wollte nicht unfreundlich sein.

»Sehr erfreut, Sie kennenzulernen«, sagte ich und machte einen kleinen Knicks, als würde ich die Queen treffen. Ich kam mir blöd vor. Zac fand das bestimmt idiotisch. Martha verbeugte sich.

»Und Zackery, schön, dich kennenzulernen.«

Zac runzelte die Stirn.

»Na, dann los«, sagte die Frau. »Wir müssen ein kleines Stück fahren, aber es dauert nicht lange. Kommt, ich nehme eure Koffer.«

Sie eilte davon, zog meinen Koffer und schob Zacs vor sich her. Mrs Clanks folgte ihr. Dann drehte sie sich zu uns um und sagte lautlos: »Kommt schon!« Zac schlurfte hinterher. Er war bereits enttäuscht.

»Sie ist genau wie eine Lehrerin«, sagte er.

Appleton House

Marthas Stadt heißt Wellsbury. Dort ist es ganz anders als in London. An den Straßen stehen auf beiden Seiten Bäume und ich habe nur ein Plakat gesehen, auf dem KEINE KOPF-STEUER stand, und gar keine Leute mit Schildern. Es gibt auch keine Sirenen und keinen Stau.

Marthas Haus liegt am Ende einer Sackgasse. Ihr Haus versperrt die Straße, das heißt, wenn man weiterfahren würde, würde man direkt hineinkrachen. Drum herum ist viel Platz und es ist nicht in eine Lücke gezwängt wie Skilly House.

Über der Haustür ist ein Fenster, auf dem in goldener Schrift »Appleton House« steht. Ich dachte, nur Kinderheime und Gefängnisse hätten Namen. Es ist schön, wenn auch ein normales Haus einen Namen hat. Das macht es zu etwas Besonderem. Martha sagt, es heißt Appleton House, weil hier früher lauter Apfelbäume standen.

Erst dachte ich, dort müssten eine Menge Leute wohnen, weil der Kleiderständer voller Mäntel, Hüte und altmodischer Regenschirme, die man nicht zusammenklappen kann, hing. Aber dort wohnt nur Martha. Die Sachen gehören alle ihr. Im Flur hängt ein alter Spiegel, dessen Silberschicht sich schon leicht gelöst hat, so dass es ist, als blickte man in einen zugefrorenen Teich, und außerdem das Schwarz-Weiß-Foto eines bärtigen Mannes, der gekleidet ist wie ein Pfarrer und so aussieht, als starrte er einen immer an, egal wo man steht. Es scheint, als wollte er einen daran erinnern, dass Gott alles sieht. Man entgeht ihm nicht.

Marthas Wohnzimmer ist das schönste Zimmer der Welt. Es gibt einen Schaukelstuhl mit einem abgewetzten Kissen, ein unförmiges gelbes Sofa, einen Fußschemel mit einem ganz ausgeblichenen Rosenbezug und einen Couchtisch mit lauter Büchern und Zeitschriften. Es gibt einen Kamin mit staubigen Kohlenstücken darin und die Bücherregale reichen vom Boden bis zur Decke. Alles, was nicht voll mit Büchern ist, ist voll mit Pflanzen und Gemälden. Ich habe versucht herauszufinden, warum es schöner aussieht als in Skilly, obwohl alles schon ganz schäbig ist, und ich glaube, es liegt daran, dass Martha es so gernhat. Skilly sieht aus, als hätte niemand es gern.

Zac dagegen würdigte das Zimmer keines Blickes. Er ging direkt zum Fenster und sah in den Garten hinaus. Dort gibt es einen Rasen, der so gepflegt ist wie ein Golfplatz, auf dem nie Kinder spielen, und es stehen keine hohen Häuser rundherum. Auf beiden Seiten des Rasens sind Blumen und am Ende steht ein Baum, dessen Blätter bis auf die Erde reichen.

Martha fragte Zac: »Gefällt er dir?«

Zac zuckte mit den Schultern, was einen falschen Eindruck machte. Denn eigentlich gefiel er ihm nur zu gut.

»Diesen Baum nennt man Trauerweide«, sagte Martha, »weil er aussieht, als würde er weinen.«

Und das stimmte. Seine Blätter sahen aus wie Tränen, die zu Boden fielen.

»Warum schaust du ihn dir nicht aus der Nähe an?«, fragte Martha.

Sie machte das Fenster auf, das gar kein Fenster war. Es war eine Tür und man konnte einfach hindurchgehen.

»Na los«, sagte sie.

Zac rührte sich nicht. Er stand da wie festgefroren.

»Kann ich auch mit?«, fragte ich.

»Natürlich«, sagte Martha.

Ich nahm Zacs Hand und zog ihn hinter mir her und plötzlich rannten wir unter dem perfekten blauen Riesenhimmel durch das Gras.

»Am Ende des Gartens ist ein Bach, also zieht eure Schuhe aus«, sagte Martha.

Aber wir hörten nicht auf sie. Zac schlug Purzelbäume und ich drehte mich im Kreis, weil mein Kleid zu eng war, um etwas anderes darin zu machen. Als wir die Trauerweide erreichten, stellten wir uns darunter und blickten hinauf. Licht schien zwischen den Blättern hindurch. Es war wie in einer Kirche.

Hinter dem Baum war tatsächlich ein Bach, der am Ende des Gartens unter einem Zaun hindurch in einen Wald floss. Zac kletterte auf ein paar Steine im Bach und holte eine Hand voll Schlamm aus dem Wasser. Dann schmierte er ihn sich ins Gesicht.

»Zac! Du Blödmann!«, sagte ich.

Er streckte die Zunge raus. »Wie sehe ich aus?«

»Wie Stig der Höhlenmensch.«

Er grinste. *Ein Freund wie Stig* ist sein Lieblingsbuch.

»Jetzt du«, sagte er. »Los.«

Ich schüttelte den Kopf. »Ich gucke zu.«

»Okay«, sagte Zac. »Ich fange dir einen Fisch.«

Er beugte sich über den tieferen Teil des Baches und dann begann er zu wackeln. Gleich würde er reinfallen. So ist er. Wenn er etwas tun will, tut er es auch, selbst wenn er hinterher Ärger bekommt. Er grinste breit, weil er wusste, dass er gleich nass werden würde und niemand ihn aufhalten konnte.

Als er reinfiel, war es wie in Zeitlupe. Sogar die Wasserspritzer stiegen ganz langsam auf. Er ging auf alle viere und bellte wie ein Hund und dann tauchte er den Kopf unter Wasser und schüttelte ihn. Er ist richtig gut darin, einen Hund nachzumachen. Er wollte immer einen haben und hat schon immer gerne so getan, als wäre er einer. Deshalb hat er auch Übung darin.

Aber obwohl ich nach außen hin lachte, dachte ein Teil von mir: Was, wenn Mrs Clanks und Martha kommen? Denn Zac sah nicht aus wie der Junge, der eben aus dem Zug gestiegen war. Er sah aus wie ein ganz anderer Junge. Er war schlammverschmiert, seine Locken klebten ihm am Kopf und sein Hemd war nicht länger weiß. Martha wäre vielleicht entsetzt, wenn sie ihn so sah.

»Zac, komm raus«, sagte ich.

Er schüttelte den Kopf. »Nee, nee, ne, ne, nee.«

Aber dann erstarrte seine Miene und er schaute mich nicht mehr an. Er schaute an mir vorbei, und als ich mich umdrehte, sah ich Mrs Clanks und Martha unter der Weide hindurchkommen. Die Falte zwischen Mrs Clanks' Augen war sehr tief und sie schüttelte den Kopf, so dass ihr getupftes Schleifenband hin und her wippte.

»Komm da raus, Zac«, sagte sie. Ihre Stimme war ganz ruhig. Sie musste wirklich sehr wütend sein.

Zac versuchte es, rutschte aber immer wieder ab. Schließlich musste ich ihn rausziehen. Dann stand er nur stocksteif da und presste die Augen zu. Aus seinen Schuhen lief das Wasser. Martha sah ihn durch ihre silberne Brille an. Sie überlegte wahrscheinlich gerade, was aus dem netten Jungen in dem weißen Hemd geworden war. Ich drückte die Daumen und hoffte, sie würde uns nicht nach Hause schicken.

»Es tut mir schrecklich leid«, sagte Mrs Clanks. »Er ist wie ein Sack voll Flöhe.«

Martha gab ein leises »Ähem« von sich.

Dann sagte sie: »Warum ziehst du dir nicht Schuhe und Socken aus und dein hübsches Hemd und spielst noch ein bisschen, Zackery.«

Zac machte noch nicht mal die Augen auf, um sich die Socken und die Schuhe auszuziehen. Er machte es mit geschlossenen Augen. Es dauerte ewig und war furchtbar peinlich. Ich zupfte drei Grashalme aus und flocht sie ineinander, um nicht zusehen zu müssen.

Als die beiden Frauen zurück zum Haus gingen, trug Martha Zacs Schuhe an den Schnürsenkeln und hatte die Hand ausgestreckt – so wie vorhin, als sie uns vom Bahnhof abgeholt hatte, nur lag es jetzt daran, dass sie keinen Schlamm auf ihr Kleid bekommen wollte. Mrs Clanks trug Zacs Hemd und auch sie hatte eine Hand ausgestreckt und mit der anderen verscheuchte sie die Fliegen.

Tee mit Martha

Zac und ich blieben ewig am Bach, aber es machte keinen Spaß mehr. Ich musste die ganze Zeit daran denken, dass Mrs

Clanks uns bestimmt mit zurück nach Skilly nehmen würde. Ich versuchte mir vorzustellen, welchen Gesichtsausdruck ich bei unserer Ankunft dort aufsetzen könnte, damit es nicht ganz so schrecklich wäre. Ich beschloss, einerseits so zu gucken, als freute ich mich, wieder zu Hause zu sein, und andererseits so, als ärgerte ich mich über die ganze Aktion.

Aber dann kam Mrs Clanks und erklärte, sie würde mit dem Taxi zum Bahnhof zurückfahren. Sie warf uns einen Blick zu, sagte: »Benehmt euch«, und ging. Ich atmete so tief auf, dass mir ganz schwindelig wurde.

Anschließend holte uns Martha zum Tee rein. Wir mussten uns an einem Wasserhahn im Garten die Hände waschen. Das Wasser war so kalt, dass ich dachte, mir würden die Finger abfallen. Wahrscheinlich friert es im Winter. Danach brachte sie uns nach oben in unser Zimmer. Es waren nur vierzehn Stufen.

»Ich habe gehört, dass ihr gerne zusammen in einem Zimmer schlaft«, sagte sie, »aber es gäbe auch für jeden ein eigenes Zimmer, wenn ihr wollt.«

Zac schüttelte den Kopf.

»Wir schlafen zusammen«, sagte ich.

»Gut«, sagte Martha. »Dann ist das hier euer Zimmer. Ich hoffe, es gefällt euch. Kommt einfach runter ins Esszimmer, wenn ihr euch frisch gemacht habt.«

Unser Zimmer sieht aus, als hätte es sich in den letzten fünfzig oder vielleicht auch hundert Jahren nicht verändert. Es gibt zwei Metallbetten und einen Schminktisch mit Schubladen und einem herzförmigen Spiegel. Es gibt ein Waschbecken mit Wasserhähnen, auf denen »warm« und »kalt« steht, und ein Holzpult mit einem Deckel, den man anheben kann, und einem eingelassenen Tintenfass, in das die Leute Tinte gefüllt haben, als sie noch echte Federn zum Schreiben benutzten. Auf der verblichenen Tapete sind Blätter in einer Reihe angeordnet, und es gibt einen Schrank, der innen mit derselben Tapete ausgeschlagen ist, nur dass sie dort nicht verblichen ist. Ich werde den Schrank die ganze Zeit, die wir hier sind, offen lassen, damit er zu den Wänden passt.

Zac zog seine Shorts und sein Arsenal-Trikot an und ich meine Jeans und ein T-Shirt. Das Kleid trage ich nicht mehr. Nicht, wenn es sich vermeiden lässt. Ich werde es hierlassen und so tun, als hätte ich es vergessen. Bevor wir nach unten gingen, versuchte ich Zacs Gesicht und seine Haare zu waschen, weil sie immer noch ganz voller Schlamm waren. Der Schlamm verstopfte das Waschbecken, aber wenigstens sah Zac etwas besser aus.

Das Esszimmer erkennt man an dem Tisch und den Stühlen darin. Überall auf dem Boden stehen außerdem Bücher, Kisten und Pflanzen, aber wenn man nur den Tisch gesehen hätte, hätte man gedacht, man wäre in einem Restaurant. Es gab eine Tischdecke und eine Teekanne mit dunkelroten Blumen und dazu passenden Tassen und Untertassen. Die Teekanne war angeschlagen, also war das Teeservice wahrscheinlich ziemlich alt, aber Martha mochte es so gern, dass sie sich nicht davon trennen konnte. Es gab sogar kleine Glasgefäße mit silbernen Deckeln für Salz und Pfeffer, wie im Café. Und es gab Servietten und Sandwiches und Würstchen im Schlafrock und Chips und kleine Tomaten und Schokoladenkekse. Es war wie eine Geburtstagsfeier mit ganz wenigen Gästen, bei der jemand die Torte vergessen hatte.

Martha saß schon am Tisch, als wir hereinkamen. Sie hatte noch nichts gegessen, sondern wartete auf uns. Sie ist sehr höflich. »Bitte bedient euch«, sagte sie. Sie wirkte etwas besorgt, so als könnte der Tee nicht gut genug für uns sein. Oder vielleicht war er auch zu gut für uns oder vielleicht war sie besorgt, dass wir Schlamm im Waschbecken gelassen hatten.

Zac aß sein Sandwich so schnell, dass ihm die Augen tränten. Er stopfte es einfach in sich rein. Dann nahm er sich noch eins.

»Miracle, bedien dich«, sagte Martha. »Und trink deinen Tee. Er ist nicht mehr heiß.«

Ich wollte nicht sagen, dass wir keinen Tee trinken und auch noch nie aus einer Tasse mit Untertasse getrunken hatten. Also schob ich den Finger durch den Henkel und hob die

Tasse ganz vorsichtig an. Ich tat so, als spielte ich in einem alten Film mit und als wollte die Kellnerin wissen, ob mir der Tee schmeckte. Wenn ja, würde sie mir noch etwas mehr eingießen. Aber der Tee schmeckte wie warmes Wasser. Vielleicht schmeckt er besser mit Zucker, so wie Silas ihn trinkt. Ich erklärte der imaginären Kellnerin, sie müsse sich keine Sorgen machen. Als ich die Tasse zurück auf die Untertasse stellte, machte es leise *kling*.

Anschließend sprachen wir nicht. Wir aßen einfach nur. Zac machte eine Riesensauerei wie immer. Hortense sagt, sie braucht einen Hund, der das frisst, was Zac auf den Boden fallen lässt. Er krümelte die ganze Zeit auf die Tischdecke. Ich musste also besonders ordentlich sein, um das wieder wettzumachen, damit Martha die Unordnung möglichst auf zwei Kinder zurückführte. Martha wirkte sehr ernst. Sie schnitt kleine Stücke von ihrem Würstchen ab und steckte sie mit ganz unterschiedlichen Gesichtsausdrücken in den Mund, als wüsste sie nicht, was sie denken sollte.

»Ich hoffe wirklich, dass ihr hier Freude habt«, sagte sie schließlich.

»Der Garten ist wunderschön«, sagte ich.

»Er ist so groß«, sagte Zac.

»In Skilly haben wir auch einen Garten«, erklärte ich, »aber den müssen wir uns mit einer Menge anderer Kinder teilen.«

Dann fragte Zac: »Wie lange wohnst du schon hier?«, und Martha hüstelte und antwortete: »Mein ganzes Leben lang.«

Zac blieb der Mund offen stehen. Es war peinlich. Er hatte den Mund voller Essen und machte ihn nicht wieder zu, sondern starrte sie einfach nur an. Ich versuchte, nicht zu starren, aber ich war genauso überrascht.

»Ich wurde in diesem Haus geboren«, sagte Martha. »Ich habe hier mit meinen Eltern und meinem Bruder gelebt. Mein Vater war Pfarrer. Meine Eltern sind inzwischen tot und mein Bruder lebt in Australien. Dies war schon immer mein Zuhause.«

Es war schwer zu verstehen, was sie meinte. Ich hatte nicht gewusst, dass jemand sein ganzes Leben lang am selben Ort leben konnte, von seiner Geburt an, bis er alt war. Ich hatte nie auch nur daran gedacht.

Marthas Wangen wurden rot und dann breitete sich die Röte auf ihrem ganzen Hals aus.

»Bitte macht euch keine Sorgen«, sagte sie. »Es gibt hier zwar alte Sachen, aber nichts wirklich Wertvolles.«

Anschließend fühlte sich alles auf unangenehme Art komisch an. Ich weiß gar nicht, warum. Als wären wir auf einem anderen Planeten gelandet, von dem wir nicht gewusst hatten, dass es ihn gibt.

Martha schob Zac seine Tasse zu.

»Trink ein bisschen, Zackery«, sagte sie.

Zac zuckte mit den Schultern, dann nahm er die Untertasse in beide Hände und balancierte mit der Tasse. Erst funktionierte es, aber als er versuchte zu trinken, rutschte die Tasse von der Untertasse und fiel auf seine Brust. Tee schwappte über sein Arsenal-Trikot und auf den Boden.

Martha sprang auf.

»Ach, du Schreck! Hast du dich verbrannt?«

Zac schüttelte den Kopf. Er sah sein Trikot an. Es klebte ihm an der Brust.

»Wir trinken normalerweise nicht aus solchen Tassen«, sagte ich.

»Natürlich nicht«, sagte Martha. »Ich Dummkopf.«

Sie rannte hinaus und kam mit ein paar Handtüchern zurück.

»Hier, Zackery. Trockne dich ab.«

Zac sah ganz traurig aus. Er liebt sein Trikot so sehr, dass er sogar darin schläft. Martha wischte den Boden auf.

»Soll ich helfen?«, fragte ich.

»Nein, nein, Miracle, keine Sorge.«

Sie kniete unter dem Tisch.

Zac war den Tränen nahe.

»Ich glaube, wir gehen jetzt nach oben«, sagte ich.

»Habt ihr denn auch genug gegessen?«, fragte Martha.

»Ja, danke. Wir sind satt, stimmt's, Zac?«

Zac nickte.

»Ist gut«, sagte sie. »Gute Nacht.«

Auf dem Weg nach oben fiel mir etwas ein, daher lief ich zurück.

»Martha?«

Sie blickte auf.

»Ja, Miracle?«

»Könntest du mich Ira nennen statt Miracle?«

Sie nickte.

»Und Zackery Zac?«

»Ja«, sagte sie. »Natürlich.«

Ihr Gesicht war ganz rot und die Brille rutschte ihr von der Nase. Zum Glück hatte sie die Kette.

Als wir nach oben kamen, trat Zac so fest gegen die Wand, dass ein Abdruck auf der Tapete zurückblieb.

»Zac, pass auf«, sagte ich. »Sonst schickt sie uns weg.«

»Das ist mir egal. Es ist hier viel zu fein. Ich finde es furchtbar.«

Er setzte sich aufs Bett und ich legte ihm den Arm um die Schulter.

»Wird mein Trikot wieder sauber?«, fragte er.

»Ja«, versicherte ich. »Wir weichen es im Waschbecken ein.«

Wir saßen eine Weile nachdenklich da, dann sagte er: »Ich finde es nicht wirklich furchtbar hier.«

»Ich weiß. Es ist einfach anders. Ich glaube, es wird okay sein, wenn wir versuchen, uns zu benehmen.«

Und jetzt schläft er und sieht aus wie ein Engel und ich wünschte, Martha könnte ihn sehen, denn dann würde sie verstehen, dass er ganz verschiedene Seiten hat. Er ist tollpatschig und gerät immer in Schwierigkeiten und tut so, als wäre ihm alles egal, aber gleichzeitig ist er unheimlich liebenswert.

Hühner

Letzte Nacht konnte ich nicht schlafen. Ich hatte Angst, dass wir Martha verärgert hatten, und außerdem ist es hier viel zu leise. Man hört kaum etwas, abgesehen von Tiergeräuschen, und ich weiß nicht, was das für Tiere sind. Vielleicht Vögel und Füchse. Sie quieken und jaulen und rundherum herrscht Stille. Ich versuchte sie mir vorzustellen, aber es gelang mir nicht. Ich lag einfach nur da und hoffte, eine Sirene oder Verkehr zu hören oder Leute, die auf der Straße herumschrien. Nur damit ich wusste, dass wir nicht allein waren.

Am nächsten Morgen fürchtete ich, dass Martha uns zurück nach Skilly schicken wollte. Aber sie rief nur ganz fröhlich: »Guten Morgen, Kinder!«, und wirkte überhaupt nicht sauer. Beim Frühstück gab es keine Tischdecke und lauter unterschiedliche Becher und Teller. Wahrscheinlich dachte sie, dass es so nichts ausmachen würde, falls wir einen kaputt machten. Zac und ich tranken auch keinen Tee. Wir bekamen Saft.

Nach dem Frühstück sagte Martha: »Jetzt holen wir uns Eier fürs Mittagessen«, und wir kletterten am Ende des Gartens über den Zaun und gingen einen Waldweg entlang. Dort standen so viele Bäume, dass ich nur kleine Stückchen Himmel sehen konnte, wenn ich nach oben sah. Überall waren grüne Blätter. Zac jagte Eichhörnchen, aber sie waren zu schnell für ihn. Er erwischte noch nicht mal die Schwänze. Es war der schönste Spaziergang der Welt. Wir gingen drei Kilometer hin und drei zurück. Ich weiß nicht, ob ich schon mal so weit gelaufen bin, aber ich hätte ewig weiterlaufen können.

Wir kamen zu einer Farm mit einer Wiese voller Hühner. Neben dem Tor stand ein Tisch, darauf eine Untertasse mit Geld und einige leere Eierkartons.

»Es sind keine Eier mehr da«, sagte ich.

Martha lächelte. »Wir holen unsere Eier selbst.«

»Was soll das heißen?«, fragte Zac.

»Wir holen sie von den Hühnern.«

Sie gab uns jedem einen Karton und wir betraten die Wiese. Als die Hühner uns erblickten, fingen sie an zu kreischen. Sie rannten herum, gackerten durcheinander und schlugen wild mit den Flügeln. Zac und ich bekamen Angst. Zac schrie und hüpfte die ganze Zeit herum. Ihm traten beinahe die Augen aus dem Kopf. Martha sagte, die Hühner würden uns nichts tun. Sie seien nur aufgeregt, weil sie dachten, wir würden sie füttern. Aber wir rannten weg. Wir konnten nicht anders.

Nach einer Weile sagte Martha: »Wenn ihr euch nicht beruhigt, hole ich die Eier allein.«

Also beruhigten wir uns und die Hühner beruhigten sich auch und gackerten nur noch.

Wir fanden Eier unter Stroh auf der Wiese und auch im Hühnerstall, wo die Hühner schlafen. An manchen klebten Federn und ein bisschen Dreck und die meisten waren weiß, einige aber auch gefleckt und eins sogar braun. Als wir unsere Eierkartons gefüllt hatten, hatten wir beide sechs, was zusammen ein Dutzend ergibt. Martha legte etwas Geld auf die Untertasse. Sie sagte, der Bauer würde es sich später holen.

»Und was, wenn jemand es klaut?«, fragte ich.

»Wer sollte es klauen?«

Ich sah mich um. Außer uns war niemand da.

»Niemand«, sagte ich.

Auf dem Rückweg sagte Martha: »Ich habe gehört, dass es sogar in London Leute gibt, die Hühner halten.«

»Das wäre auch was für Silas«, sagte ich.

»Wer ist Silas?«, fragte Martha.

»Er kümmert sich um Skilly«, erklärte ich. »Er ist der Hausmeister.« Dann fügte ich hinzu: »Er wurde als Kind evakuiert«, und Zac sagte: »Er ist durch die ganze Welt gereist.«

Martha sollte wissen, wie interessant er war.

Später aßen wir Eier mit schmalen Streifen Toast. Martha nennt sie Soldaten. Ich glaube, das liegt daran, dass sie im Krieg gelebt hat. Die Eier waren wirklich lecker. Ich hatte noch nie ein frisch gelegtes Ei gegessen. Danach spielten wir im Garten und Zac fiel wieder in den Bach, aber er bekam keinen Ärger, also sprang ich auch rein.

Doch dann ging alles schief. Zac kletterte auf die Weide, wobei ein Ast abbrach und herunterfiel, so dass seine Blätter am Boden lagen.

Martha sagte: »Musst du überall raufklettern?« Sie sagte es ruhig, aber davon wurde es nur noch schlimmer.

Zac zuckte die Achseln, was nicht besonders nett wirkte.

Dann fielen wir auf ein paar Blumen, die davon kaputtgingen. Martha nahm sie mit ins Haus und stellte sie in einen Krug, aber im Garten sehen sie schöner aus und jetzt werden sie bald verwelken.

Später machte Zac den Schaukelstuhl kaputt. Schaukelstühle sind etwas für alte Leute, nicht für Kinder, also hätte er sich gar nicht erst reinsetzen sollen. Er schaukelte ganz doll und es sah aus, als würde er gleich abheben. Doch dann flog er über die Lehne und eine der Kufen zerbrach. Ich nehme an, der Stuhl gehörte Marthas Eltern oder sogar ihren Großeltern, und das heißt, er ist UNBEZAHLBAR, was bedeutet, dass man nie so viel Geld haben könnte, um ihn zu bezahlen, weil er mehr wert ist als Geld. Martha hat wahrscheinlich schon als junges Mädchen darin gesessen und er ist voll von ihren Träumen.

Ich war so wütend, dass ich mir das Weinen verkneifen musste. Zac meinte, wir sollten es geheim halten, aber ich sagte es Martha, weil sie es sowieso herausfinden würde, und wenn wir es ihr nicht erzählten, würde sie uns nicht vertrauen. Als sie den Schaukelstuhl sah, lief sie ganz rot an. Dann stellte sie ihn in die Ecke und sagte, wir sollten die Finger davonlassen.

Als sie wieder weg war, sagte Zac, ich sei eine Petze.

»Ich bin keine Petze«, sagte ich.

»Bist du wohl«, sagte er. »Ich hasse dich.«

Und wir stritten uns und dabei ging ein Kissen kaputt und diesmal sagte ich Martha nichts. Ich drehte das Kissen einfach um, damit sie es nicht gleich bemerkte, denn ich dachte, wenn sie heute nur noch eine kaputte Sache zu sehen bekäme, würde sie uns nach Hause schicken. Im Fernsehen würden die

Leute vermutlich darüber lachen, aber im wahren Leben war es überhaupt nicht lustig.

Beim Tee schlang Zac alles ganz schnell runter und ich sagte dauernd Bitte und Danke und aß nicht viel und Martha aß so gut wie gar nichts. Sie wirkte nur traurig. Wahrscheinlich dachte sie, wenn wir eine ganze Woche blieben, hätte sie anschließend nichts Heiles mehr. Sie muss enttäuscht sein, erst recht weil sie ja vom alten Schlag ist.

Und jetzt schläft Zac und ich will noch nicht mal mehr weinen.

Ich glaube, Zac und ich sind am falschen Ort. Es ist, wie wenn man auf einer Schlittschuhbahn Fußball spielt und die Spieler immer wieder hinfallen. Oder wenn man einen Lehrer zum Unterrichten in den Dschungel schickt und keinen Platz für die Tische und die Stühle hat. Wir sind immer am falschen Ort. Zac und ich gehören nicht in ein normales Haus – wir gehören in ein KINDERHEIM.

Zac will zurück nach Skilly, aber ich möchte hierbleiben. Ich drücke die Daumen und bete insgeheim, falls Gott mir zuhört, auch wenn ich mir nicht sicher bin, ob ich an ihn glaube.

GRÜNDE, HIERZUBLEIBEN:

* *Ich will noch mehr Eier holen.*
* *Der Garten gefällt mir.*

* *Das Haus ist voller interessanter Dinge.*
* *Ich möchte mich an die Stille in der Nacht gewöhnen.*
* *Wir können Sterne sehen.*
* *Ich mag Martha.*

Wenn wir nach Skilly zurückfahren, werden uns die anderen auslachen und Hortense und Silas werden enttäuscht sein und Mrs Clanks wird wütend sein und uns noch weniger mögen.

Wenn wir hier nicht mal eine Woche lang glücklich sein können, werden die Leute denken, wir können nie glücklich sein, und dann will uns erst recht keiner haben.

Ich möchte im Garten zeichnen.

GRÜNDE, VORZEITIG ZURÜCKZUFAHREN:

* *Keine.*

Fledermäuse

Heute haben Zac und ich nichts kaputt gemacht. Wir waren ganz besonders vorsichtig. Wir fassten nichts an, wenn es nicht unbedingt nötig war, wie zum Beispiel, wenn wir einen Becher hochheben mussten, um zu trinken. Martha war still. Ich dachte immer noch, dass sie bestimmt wünschte, uns nie eingeladen zu haben, und nur zu höflich war, es laut auszusprechen.

Sie sagte, wir sollten uns wie zu Hause fühlen, aber im Haus fühlten wir uns nicht wohl, also blieben wir im Garten. Wenn wir reinkamen, räumte sie dauernd hinter uns her. Sie stellte unsere Schuhe ordentlich nebeneinander, wenn wir sie im Flur auszogen, und sie brachte unsere Becher weg, sobald wir ausgetrunken hatten. Man sollte meinen, in einem so unordentlichen Haus wäre es egal, wo die Sachen stehen, aber sie haben offenbar ihre eigene Ordnung, auch wenn andere Leute die nicht erkennen können.

Zum Mittagessen gab es Hackfleisch-Kartoffel-Auflauf. Er war nicht so lecker wie der von Hortense. Martha ist nicht gerade die beste Köchin. Wahrscheinlich lohnt es sich nicht, für eine Person zu kochen, daher hat sie nicht viel Übung. Wahrscheinlich isst sie meistens Sandwiches. Danach gingen wir wieder in den Garten.

Zum Tee gab es Schinkensandwiches und kleine rosa Törtchen namens Petit Fours, aber ich hatte keinen Appetit und konnte nichts essen. Ich rechnete jeden Augenblick damit, dass Martha uns sagen würde, wir müssten vorzeitig nach London zurückkehren. Und ich wollte nicht gerade beim Schlucken sein, wenn sie es uns sagte. Unter dem Tisch drückte ich die Daumen. Martha sah komisch aus – nicht zum

Lachen komisch, sondern komisch, als würde sie etwas denken, was sie nicht sagte. Als sie ihren Tee ausgetrunken hatte, stellte sie die Tasse auf die Untertasse und hüstelte.

»Ira und Zac«, sagte sie. »Ich hoffe, ihr habt Geduld mit mir.«

Ihr Kopf wippte.

»Ich habe selbst keine Kinder«, fuhr sie fort. »Da ist mir was entgangen. Und deshalb bin ich vermutlich etwas eingefahren in meinen Gewohnheiten. Doch durch euch zwei werde ich es lernen.«

Ich war nicht sicher, was sie damit meinte, aber es klang nicht so, als würde sie uns nach Skilly zurückschicken, also ließ ich meine Daumen los. Zac nahm sich eins der rosa Törtchen, biss den Deckel ab und leckte die Creme heraus.

»Das Komische ist«, fuhr Martha fort, »als Schulleiterin habe ich zu Hunderten Kindern gleichzeitig gesprochen, aber ich glaube, ich habe nie mit nur zweien einfach Tee getrunken.« Sie lächelte.

»Kannst du das verstehen, Zac?«, fragte sie.

Zac wirkte überrascht, wie wenn der Lehrer ihn etwas fragt und er nicht aufgepasst hat. Er steckte sich das ganze Törtchen auf einmal in den Mund, um nicht antworten zu müssen. Dann fing er an zu husten.

Martha verzog das Gesicht.

»Spuck's aus, Zac«, sagte sie.

Ihre Stimme zitterte.

Zac spuckte das Törtchen in seine Hand. Es war ganz matschig, rosa und krümelig. Er betrachtete es einen Moment, dann zuckte er die Achseln und legte es zurück auf den Teller zu all den anderen unberührten Törtchen. Ich schämte mich so.

Erst dachte ich, dass Martha weinte. Ihre Augen waren feucht und ihr Gesicht ganz verzerrt. Aber dann wurde mir klar, dass sie überhaupt nicht weinte, sondern lachte. Erst ganz leise, aber dann lachte sie richtig laut und wackelte dabei hin und her und ihre Brille verrutschte. Zac lachte auch und schnitt Grimassen, als hielte er sich für die witzigste Person der Welt, und ich dachte bloß, wie albern das alles war, und fing ebenfalls an zu lachen. Und dann lachten wir alle und sahen den rosa Klumpen auf dem Teller an.

Wir lachten ewig. Immer, wenn gerade alle aufgehört hatten, fing irgendjemand wieder an.

Schließlich sagte Martha: »Ladet euch die Teller voll und nehmt euch, was ihr wollt. Packt euch auch was zu trinken ein und dann kommt mit.«

So trugen wir unsere Teller runter zum Bach.

»Jetzt picken die Vögel alles auf, was wir fallen lassen«, sagte Martha.

Wir blieben unten am Bach, bis es fast dunkel war. Zac

und ich versuchten einen Damm zu bauen, aber das Wasser kam immer noch durch. Wir erzählten Martha von Skilly und von Silas und Hortense und dem umgestürzten Baum. Und sie erzählte uns von ihrem Leben mit ihrem großen Bruder Douglas und ihrem Vater, dem Pfarrer, und ihrer Mutter, die die Gemeinde – das sind die Leute, die in die Kirche gehen – immer zum Tee einlud. Ihr Vater ist der auf dem Foto im Flur. Der, der einen dauernd beobachtet.

Sie erzählte uns auch, dass sie mit vollem Namen Martha Bonita Freeman heißt. Bonita ist ein spanischer Name. Neben Martha klingt er ziemlich witzig. So hieß ihre Oma, aber ihre Oma war nie in Spanien. Sie fuhr überhaupt nicht gern in die Ferien. Es ist ein Geheimnis, warum man sie Bonita genannt hat. Martha sagte, alle Familien hätten Geheimnisse.

Und dann erzählte sie uns noch, wie Douglas mal einen kleinen Igel gefunden hatte und sie ihn mit Brot und Milch fütterten, bis er größer war und sie ihn freiließen. Er kroch ins Gras neben dem Bach und sie glaubt, dass jetzt vielleicht seine Ur-Ur-Ur-Urenkel im Garten leben.

Martha hatte immer beweisen wollen, dass sie genauso schlau war wie Douglas, weil die Leute damals dachten, Jungen wären schlauer als Mädchen. Deshalb war sie auch Lehrerin und Schulleiterin geworden. Aber ihr wahrer Traum war es, Künstlerin zu sein, und jetzt ist sie nicht mehr Schulleiterin und hat ein Atelier auf dem Dachboden. Sie sagte, morgen würde sie es uns zeigen! Und dann fiel mir wieder der Farbfleck auf ihrem Kleid ein, als sie uns vom Bahnhof abgeholt hatte, und jetzt war es gar nicht mehr komisch. Es war wunderbar.

Wir blieben ganz lange draußen. Als es dämmerte, kamen die Fledermäuse raus und drehten über uns ihre Kreise und wir saßen am Bach, sahen ihnen zu, ohne zu sprechen, und alles war perfekt.

Marthas Atelier

Marthas Atelier ist auf dem Dachboden. Es sind sechzehn Stufen von unserem Zimmer aus und dreißig Stufen vom Flur aus. Aber abgesehen davon, dass es auch unter dem Dach liegt, hat es nichts mit unserem Zimmer in Skilly gemeinsam. Vor allem steht darin kein Bett oder Schrank, weil es nicht zum Schlafen oder Anziehen gedacht ist. Sondern nur zum Malen. Ein ganzes Zimmer nur zum Malen!

Als wir eintraten, wurde mir ganz schwindelig vom Geruch der Farbe. Aber als ich die Bilder sah, vergaß ich den Geruch und konnte nur denken, wie unglaublich die Farben waren. An den Wänden lehnten etliche Gemälde. Manche waren klein, aber andere waren sogar größer als Martha. Die Gemälde zeigten keine Gegenstände, sondern nur Farben und Formen. Eins war ein rotes Quadrat mit gelben und grünen Linien darüber und die Linien sahen aus, als würden sie sich bewegen. Ich konnte den Blick nicht davon abwenden.

»Hast du die gemalt?«, fragte ich Martha.

Sie nickte. Der Gedanke, dass sie all diese Farben im Kopf hatte, war unglaublich.

»Was ist das?«, fragte Zac.

»Du sollst sie dir einfach nur anschauen«, flüsterte ich.

»Was anschauen?«, fragte er. »Was ist das?«

»Ich weiß nicht, was das ist, Zac«, sagte Martha. »Es sind Gefühle, nehme ich an. Weißt du, wenn du rumrennst und damit ausdrückst, wie du dich fühlst – na ja, diese Bilder drücken aus, wie ich mich fühle.«

»Kannst du nicht richtig malen?«, fragte Zac. »Hunde und Leute und Häuser und so Sachen.«

Martha lächelte. Sie wirkte nicht verärgert.

»Ja, doch, ich kann auch Sachen malen, das habe ich lange gemacht«, sagte sie. »Aber jetzt male ich Gefühle.«

»Warum?«

»Ich weiß es nicht«, sagte Martha.

Sie nahm ein Blatt Papier.

»Weißt du, Zac, je älter ich werde, desto seltener frage ich nach dem Warum. Verstehst du das?«

Zac schüttelte den Kopf. »Nein.«

»Würdest du gerne etwas malen?«, fragte sie.

Zac zuckte die Achseln. »Okay.«

Martha drückte drei Farben auf ein Stück Plastik, das man Palette nennt. Darauf tun die Künstler ihre Farbe. Die Farben waren Rot, Gelb und Blau und sahen aus wie glänzende Schnecken. Dann gab sie Zac drei Pinsel.

»Nimm für jede Farbe einen anderen Pinsel«, sagte sie. »Mal, was du willst.«

Zac nahm einen Pinsel und fuhr damit durch alle Farben und verrührte sie, bis das meiste davon braun wurde. Dann malte er einen großen wirbeligen Kreis auf das Blatt und etwas Gelb obendrauf und fügte dann Rot und Blau dazu, und das alles in richtig breiten Linien. Er machte es ganz schnell, als wüsste er genau, was er tat, und dann hörte er auf. Er wirkte zufrieden. Genau wie Martha.

»Das sieht aus wie ein Gemälde über Gefühle«, sagte sie.

»Nein«, sagte Zac. »Das sind ein Velociraptor und ein Triceratops, die miteinander kämpfen.«

Als ich dran war, versuchte ich ganz vorsichtig zu sein, damit sich die Farben nicht vermischten. Es sollte ein Garten sein, aber er war nicht besonders gut gelungen. Zacs Bild war besser. Aber ich war so glücklich, dass es mir überhaupt nichts ausmachte.

»Wenn ihr wollt, kann ich euch morgen was zum Malen im Garten aufbauen«, sagte Martha.

Das machen wir also morgen!

Malen

Heute Morgen standen zwei Staffeleien im Garten mit Leinwänden wie die, die Künstler benutzen. Und es gab einen Tisch mit Farben und Pinseln für Zac und mich! Ich bekam kaum mein Frühstück runter. Am liebsten hätte ich sofort losgelegt.

Zac wollte nicht malen, also ging Martha mit mir raus in den Garten und erklärte mir alles. Sie sagte, die Farbe sei Acrylfarbe, die schneller trocknet als die Ölfarbe, die sie in ihrem Atelier verwendet, so dass ich mein Bild mit nach Skilly nehmen kann, wenn ich will. Die Farbe stinkt auch nicht so. Ölfarbe ist die, die van Gogh benutzt hat. Van Gogh war der, der Sonnenblumen gemalt und sich das Ohr abgeschnitten hat. Acrylfarbe ist moderner.

Gerade als Martha mir zeigte, wie man die Farbe unten aus der Tube drücken musste, schrie Zac aus dem Haus. Wir rannten hinein. Er stand in der Küche und hatte Zucker um den Mund, auf seiner Brust und überall auf dem Boden. Die Zuckerdose war zerbrochen.

»Zac!«, schrie ich. Ich konnte nicht anders.

Er sagte nichts.

»Geh dich waschen, Zac«, sagte Martha und er rannte die Treppe hinauf.

Martha hob die kaputte Zuckerdose auf und fegte den Zucker zusammen. Ich versuchte ihr zu helfen, stand ihr aber nur im Weg.

»Keine Sorge, Ira«, sagte sie. »Ich kümmere mich darum. Geh du malen.«

Aber ich konnte nicht. Ich konnte einfach nicht.

Ich sagte immer wieder: »Es tut mir leid. Das wollte er nicht.«

»Ich weiß, Ira«, sagte Martha. »Ich weiß.«

Als ich sagte: »Vielleicht sollte ich mal nachsehen, ob mit Zac alles in Ordnung ist«, wurde sie ärgerlich.

»Ira, du machst dir zu viele Gedanken um Zac. Vielleicht solltest du auch mal an dich denken.«

»Was meinst du damit?«, fragte ich. Meine Stimme war ganz leise.

»Vielleicht fällt es dir leichter, an Zac zu denken, als an dich selbst«, sagte Martha. »Du überlegst immer, was Zac will. Was ich mich frage, ist, was Ira will. Weißt du das?«

Ich konnte sie nicht ansehen. Ich musste aus dem Fenster schauen. Silas fragt mich manchmal solche Sachen, aber sonst niemand, und mit Silas kann ich nie richtig reden, dafür ist keine Zeit. Irgendjemand unterbricht uns immer. Martha sah aus, als wartete sie auf eine Antwort, als hätte sie den ganzen Tag Zeit, aber wenn ich ihr die Wahrheit sagte, würde ich vor Scham im Boden versinken. Außerdem wäre das, was ich will, nicht das, was ich will, wenn ich darum bitten müsste. Was ich will, ist, dass jemand Zac und mich will.

Ich zuckte mit den Schultern.

»Ich weiß nicht, was ich will«, sagte ich.

»Nun«, sagte sie, »wie ist das mit dem Bild, das du malen wolltest?«

Anschließend ging es mir ganz schlecht, aber sobald ich anfing zu malen, hatte ich das vergessen. Ich dachte nur an die Farben. Ich benutzte zwei verschiedene Grüntöne und mischte noch ein drittes Grün aus Blau und Gelb. Dann malte ich die Weide und den Rasen und die Blumen am Rand und ein bisschen vom blauen Bach, der zwischen den Blättern hindurchblitzte.

Und dann sah ich Glenda unter der Weide. Sie war es wirklich. Es war das erste Mal, dass ich sie sah. Sie sprang hoch und berührte die Blätter. Sie wirkte so glücklich. Immer wieder verschwand sie und tauchte dann wieder auf. Ich winkte ihr zu, aber sie winkte nicht zurück. Doch das machte mir nichts aus, ich war nur froh, dass sie nicht allein in Skilly geblieben war. Ich malte sie ganz leicht in mein Bild, so dass man sie gar nicht sah, wenn man nicht wusste, dass sie da war, oder sie für eine Taube hielt.

Martha sagte, mein Bild sei wirklich beeindruckend, was heißt, dass es nicht schlecht ist für eine Anfängerin. Ich nehme es mit nach Skilly, damit ich mich immer an diese Ferien erinnere.

Farben

Künstlerfarben haben richtig komplizierte Namen. Es gibt nicht einfach nur Grün und Blau und Rot und Gelb, sondern auch noch all die Farben dazwischen. Von manchen Farben wusste ich gar nicht, dass es sie gibt. Es ist ganz schön schwer, sich die Namen zu merken, deshalb meinte Martha, ich solle mir meine eigenen Namen ausdenken.

Das hier sind meine Namen neben den echten Künstlernamen:

* *Coelinblau*	*Sommerhimmel*
* *Ultramarinblau*	*Gewitterhimmel*
* *Preußischblau*	*Schuluniform*
* *Chromoxidgrün*	*Grasflecken*

* *Saftgrün*	*Marthas Rasen*
* *Kadmiumgelb*	*Zitronendrops*
* *Siena gebrannt*	*Spaghetti Bolognese*
* *Kadmiumrot*	*Anitas Lippenstift*
* *Umbra natur*	*Skilly-Treppe*
* *Magenta*	*Granatapfelkerne*

Anschließend klebte Martha meine Namen auf die Farbtuben. Das heißt, Zac kann sie auch benutzen, wenn er will. Martha braucht sie nicht.

Meine Lieblingsmomente

Morgen fahren wir zurück nach Skilly. Ich freue mich darauf, alle wiederzusehen, aber ich freue mich nicht darauf, hier wegzufahren, denn dann werden Martha und Appleton House zu einer Erinnerung. Und Erinnerungen bedeuten, dass etwas VORBEI ist. Ich will nicht, dass das hier vorbei ist.

Ich habe gar nicht richtig Tagebuch geführt, deshalb kommen hier jetzt einige meiner Lieblingsmomente, damit ich sie nie vergesse.

Zac hat einen fingernagelgroßen Frosch gefunden und ihn in den Bach gesetzt.

Wir waren viermal bei der Farm. Zweimal einfach nur aus Spaß, gar nicht um Eier zu kaufen. Morgen gehen wir noch mal hin, um Eier für Skilly mitzunehmen. Das heißt, wir sind insgesamt dreißig Kilometer gelaufen, weil wir dann fünfmal da gewesen sind und jedes Mal sechs Kilometer bedeutet.

Wir haben viermal im Garten Tee getrunken, einmal sogar, obwohl es geregnet hat.

An einem Abend haben wir acht Fledermäuse gleichzeitig gezählt.

Martha hat uns Fotos von sich als Kind gezeigt, wie sie unter der Weide gespielt hat und der Baum noch viel kleiner war. Jetzt, wo sie erwachsen ist, sieht sie aus wie ihre Mutter, die Pfarrersfrau.

Wir haben Bilder auf Blankokarten gemalt, das sind Karten, auf denen nichts drauf ist, und sie nach Skilly geschickt.

Ich habe Glenda unter dem Baum tanzen sehen und einmal planschte sie im Bach.

Zac ist bis in den Wipfel der Weide geklettert, als Martha nicht hinsah, und hat dabei keine Äste abgebrochen. Er sagte, er fühle sich wie ein Vogel.

Im Wipfel der Weide saßen Tauben und gurrten, aber als Zac hinaufkletterte, flogen sie weg.

Inzwischen gefällt es mir, dass es nachts so still ist. Es ist, als wäre man in eine dicke, weiche Decke gehüllt.

Martha geht nicht in die Kirche, obwohl ihr Vater Pfarrer war. Sie sagt, Gott wohnt im Garten.

Zurück nach Skilly

Heute Morgen haben wir zwölf Eier in einen großen Eierkarton gesammelt, um sie mit nach Skilly zu nehmen. Zac und ich haben keine Angst mehr vor den Hühnern, deshalb war es ganz einfach. Wir nahmen keine schlichten Eier, sondern nur die gesprenkelten, weil sie am schönsten sind. Dann verabschiedeten wir uns von den Hühnern, weil wir sie nicht mehr sehen werden. Auf dem Rückweg redeten wir gar nicht. Zac jagte bloß Eichhörnchen. Ich war zu traurig zum Reden.

Als Mrs Clanks uns abholen kam, gab sie Martha ein Formular, auf dem oben »Stadtkinder – Landkinder« stand. Ich frage mich, ob Martha jemals wieder Pflegekinder aufnehmen wird.

Ich wollte mein Kleid nicht mit zurück nach Skilly nehmen, deshalb ließ ich es im Schrank hängen und machte die Tür zu. Es war das erste Mal in der ganzen Woche, dass die Tür zu war.

Martha fuhr uns zum Bahnhof, aber sie wartete nicht mit uns auf den Zug. Ich glaube, sie wollte zurück nach Appleton

House, um es ganz für sich allein zu haben. Vielleicht wollte sie den Schaukelstuhl reparieren und nachsehen, was sonst noch kaputtgegangen war. Sie verabschiedete sich auf der Bahnhofstreppe von uns. Erst schüttelte sie Mrs Clanks die Hand, dann beugte sie sich herab und gab mir einen Kuss auf die Wange. Ich konnte mein Spiegelbild in ihrer Brille sehen.

»Was sagt man, Ira?«, fragte Mrs Clanks, was mich ärgerte, weil ich gerade Danke sagen wollte und es jetzt so aussah, als hätte ich es vergessen.

»Danke, dass wir hier sein durften«, sagte ich und machte einen albernen Knicks. Ich konnte nicht anders. Ich glaube, Zac sah es nicht. Er blickte auf seine Schuhe. Martha hatte sie geputzt und die Sonne spiegelte sich darin.

»Danke«, sagte Martha. »Es war mir ein Vergnügen.«

Dann gab sie Zac einen Kuss auf die Haare. Sie wusste, dass er zusammenzucken würde, wenn sie sein Gesicht berührte. Er stand ganz still da, aber er zuckte nicht zurück, also war es wohl okay.

»Zac?«, sagte Mrs Clanks.

»Danke«, sagte Zac.

Martha hatte mein Gemälde in Zeitungspapier gewickelt. Als sie es mir gab, sagte sie: »Pass gut darauf auf, es ist wunderschön.«

Dann gab sie Zac den Eierkarton. Er schlang die Hände

darum, als wäre der Karton ein Neugeborenes, das er nicht fallen lassen durfte. Wahrscheinlich war er sogar noch zerbrechlicher als ein Neugeborenes, so zerbrechlich wie ganz viele Neugeborene.

Ich drehte mich noch mal zu Martha um, als wir den Bahnhof betraten. Sie hätte komisch aussehen müssen mit den großen Füßen und dem Wackelkopf, aber das tat sie nicht. Sie sah nett aus und ein bisschen besorgt, als hätte sie Angst, Zac könnte die Eier fallen lassen.

Auf dem ganzen Weg zurück nach London hatte ich das Gefühl, ich hätte ein Stück von mir bei Martha zurückgelassen. Als würde ein Teil von mir immer ein kleiner Geist sein, der in ihrem Garten malte. Zac hielt die ganze Fahrt über den Eierkarton umklammert. Er zappelte noch nicht mal rum.

Mrs Clanks holte wieder ihre Papiere hervor, so dass wir nicht mit ihr reden mussten. Das Einzige, was sie sagte, war: »Ich glaube, ihr habt einen sehr guten Eindruck hinterlassen. Gut gemacht.«

Ich fühlte mich unwohl, als sie das sagte, obwohl ich glaube, dass es nett gemeint war. Wahrscheinlich freut sie sich, weil Martha jetzt auch andere Kinder zu sich lässt.

Silas wartete wie versprochen am Bahnhof. Es war, als hätte er die ganze Woche über dort gestanden. Er lächelte breit.

Ich rannte über den Bahnsteig und umarmte ihn. Zac machte einen komischen Hüpfer, weil er die Eier nicht fallen lassen wollte.

»Ihr seht anders aus«, sagte Silas.

»Wie meinst du das?«

»Erwachsener, glaube ich. Als hättet ihr was von der Welt gesehen und das hätte euch verändert.«

Ich fragte: »Ist das okay?«

Und er sagte: »O ja.«

Es ist seltsam, wieder in Skilly zu sein. Alles kommt mir jetzt so laut und trubelig vor. Am Mietshaus gegenüber hat jemand ein Transparent mit der Aufschrift WEG MIT DER KOPFSTEUER in verlaufenen schwarzen Großbuchstaben aufgehängt. Wenn es windig ist, klatscht es gegen die Wand. Skilly sieht jedoch immer noch gleich aus. Es sieht aus, als wären wir nie weg gewesen.

Zac gab Hortense den Eierkarton und sie klappte ihn vorsichtig auf, falls eins kaputt wäre, aber alle zwölf Eier waren heil geblieben.

»Hast du die den ganzen Weg über getragen?«, fragte sie.

Zac nickte.

»Das ist ja ein kleines Wunder«, sagte Hortense.

Denn Wunder können groß oder klein sein. Wunder – Miracle – ist nämlich nicht nur der Name für ein Kind, von dem jemand nicht weiß, ob er es will oder nicht. Wunder können groß sein, wie jemand, der übers Wasser geht, und klein, wie Eier, die nicht kaputtgehen.

Zac und ich erzählten allen immer wieder von unseren Ferien. Manchmal erzählte ich eine Geschichte auf eine Art und dann erzählte Zac sie noch mal auf andere Art, aber das störte niemanden. Und niemand konnte glauben, dass Martha schon ihr ganzes Leben lang im selben Haus wohnte. Allen blieb der Mund offen stehen. Sogar Hortense war überrascht. Wir saßen am Küchentisch und alle hörten zu und betrachteten die gefleckten Eier. Ashani saß auf meinem Schoß und legte mir die Hand auf die Schulter. Sie wirkte ein bisschen traurig. Die Eier mit den Federn darauf gefielen ihr, also gab ich ihr eine Feder, um sie aufzuheitern – eine ganz weiche weiße. Ich nehme an, sie wäre gern dabei gewesen.

Allen gefielen die Karten, die wir geschickt hatten, und auch mein Bild. Ich erzählte ihnen nicht, dass Glenda darauf zu sehen war. Sie dachten, es sei ein Kaninchen.

Hortense sagte: »Das ist schön, Ira. Können wir es im Flur aufhängen?«

Aber ich will es nicht im Flur haben. Dort könnte jemand einen Ball dagegenschießen oder etwas draufkritzeln. Ich will es in meinem Zimmer haben, damit ich mich immer an die Ferien erinnere.

Hortense sagte: »Na, dann muss ich einfach ab und zu hochkommen und es mir ansehen, um eine Prise Landluft zu schnuppern.«

Wir aßen die Eier mit Toast und erzählten allen von Marthas Toastsoldaten. Es war schön, gemeinsam am Tisch zu sitzen, aber je öfter wir unsere Geschichten erzählten, desto mehr fühlte es sich so an, als hätten sie sich vor langer Zeit abgespielt. So muss es Silas gehen. Er muss das Gefühl haben, seine Geschichten hätten sich vor Hunderten von Jahren abgespielt. Oder in einem anderen Leben.

Als ich Jimmy sah, sagte er: »Ihr seid also zurückgekommen«, und ich sagte: »Ja …«, und diesmal setzte ich ganz viele Punkte dahinter.

Hoffentlich vergesse ich nie, wie Martha aussieht oder wie schön ihr Garten ist und wie es sich angefühlt hat, unter der Weide zu stehen oder drei Kilometer weit zu laufen, um die Eier zu holen, und schlafen zu gehen, ohne etwas anderes zu hören als die Tiere im Wald.

Das Problem an den Ferien ist, dass das normale Leben anschließend noch normaler erscheint.

Ashani ist weg

Heute ist Ashani weggegangen. Sie ist zu ihrer neuen Familie gezogen.

Es wurde alles geregelt, während wir in den Ferien waren. Ich glaube, dass sie deswegen traurig war, als wir zurückkamen. Wahrscheinlich war sie fröhlich-traurig.

Beim Abschied schnitt sie lauter lustige Grimassen, kitzelte alle und lachte. Ich hob sie hoch und drückte sie an mich und sie schlang die Beine um mich wie ein Affe. Ich wünschte mir von ganzem Herzen, sie nicht loslassen zu müssen. Als sie ins Auto stieg, lächelte sie, winkte und steckte durchs Fenster die Zunge raus. Aber als das Auto davonfuhr, konnte ich nicht erkennen, ob sie noch lächelte, und ich dachte, vielleicht tat sie das nicht, und da ging es mir ganz schlecht.

Zac war den ganzen Tag über furchtbar anstrengend und das ärgerte mich, aber dann sah ich, dass seine Augen rot waren, und dachte, vielleicht war er durcheinander, weil er Ashani auch gernhatte. Jetzt fühlt sich alles an, als hätte es sich zugezogen und würde für immer bewölkt bleiben.

Ich erzählte Glenda von Ashani und wie schlecht es mir ging, jetzt, wo sie weg war. Seit wir wieder hier sind, habe ich Glenda nicht mehr gesehen, aber ich erzählte es ihr in Gedanken. Ich schaue immer wieder aus dem Fenster, falls sie im Garten ist, aber da ist sie nicht. Vielleicht ist sie bei Martha geblieben.

Silas ist in der Zeitung

SEPTEMBER 1989

In der Zeitung ist ein Foto von Silas. Er steht dort mit ein paar anderen Leuten zusammen und sie halten Schilder, auf denen WEG MIT DER KOPFSTEUER steht. Einige Leute halten ein Transparent mit der Aufschrift KANN UND WILL NICHT ZAHLEN, und das Transparent hängt schlaff über den Köpfen der Leute in der Mitte, aber das scheint sie nicht zu stören. Alle lächeln, als hätten sie einen schönen Tag draußen. Es ist allerdings kein besonders gutes Foto von Silas. Man erkennt ihn nur an seinen Haaren.

»Du siehst aus, als hättest du eine Perücke auf«, sagte Hortense.

Und das stimmt. Er sieht aus, als hätte er sich verkleidet und als wäre er ein Spion oder so.

Hortense hängte das Foto an die Pinnwand in der Küche und jemand schrieb daneben: »Wer kennt diesen Mann?«

Schulanfang

Heute hat die Schule wieder angefangen. Es ist mein letztes Jahr in der Grundschule. Einige der neuen Kinder haben geweint, weil sie wieder nach Hause wollten, und andere rannten herum und hielten sich für furchtbar erwachsen, obwohl sie in ihren winzigen Uniformen ganz klein und süß aussahen.

Ich erzählte Amanda und Kaleigh von meinen Ferien. Normalerweise sage ich ihnen immer, dass ich Ferien nicht mag, aber diesmal erzählte ich ihnen von Martha, den Hühnern und dem Garten. Sie lachten, als ich ihnen erzählte, wie Zac so getan hatte, als wäre er ein Hund im Bach, und einen Augenblick lang fühlte ich mich wie eine echte Freundin. Ich erzählte ihnen nichts von »Stadtkinder – Landkinder«. Ich behauptete, Martha sei unsere Tante! Jetzt kann ich die beiden nie nach Skilly einladen, weil sie sonst vielleicht die Wahrheit herausfinden.

Wir haben eine neue Lehrerin namens Miss MacDonald. Sie ist Schottin und jung und hat einen richtig netten Akzent. Ich mag sie jetzt schon sehr. Sie bringt uns Französisch bei, falls wir mal einen Franzosen heiraten oder auch nur nach Frankreich in die Ferien fahren. Und wir haben Naturwissenschaften als Fach und schreiben eine Menge Geschichten.

Miss MacDonald als Lehrerin zu bekommen hat mich wieder fröhlich gemacht.

Eine Postkarte von Martha

Wir haben eine Postkarte von Martha bekommen! Es ist ein Bild von einem Huhn. Sie hat nicht viel geschrieben, weil nicht viel Platz war, aber Zac und ich kennen sie schon auswendig. Sie schrieb, das Haus sei ohne uns ganz still und es mache nur halb so viel Spaß, allein Eier holen zu gehen, und sie hoffe, wir müssten nicht so viel für die Schule tun. Untendrunter hatte sie »Martha« geschrieben und einen Schnörkel gemalt, der vielleicht ein Kuss sein sollte, vielleicht aber auch nur ein komischer Kringel am Ende ihres Namens war.

»Glaubst du, wir fahren noch mal hin?«, fragte Zac.

Ich schüttelte den Kopf. »Wahrscheinlich nimmt sie nächstes Mal andere Kinder, wenn überhaupt.«

Er sah traurig aus, daher sagte ich: »Vielleicht sind wir in ein paar Jahren noch mal dran.«

Und er schrie: »In ein paar Jahren?!!«

Anschließend war er furchtbar wütend. Jedes Mal, wenn er mich sah, sagte er: »Ich hasse dich« und »Du bist doof«, und stürmte an mir vorbei. So war er den ganzen Tag über, bis er ins Bett ging. Da sagte er ganz leise: »Entschuldigung«, so dass ich es gerade eben hören konnte. Ich werde die Postkarte neben sein Bett an die Wand hängen, damit er beim Aufwachen gleich das Huhn sieht.

Pip

Heute ist ein neues Mädchen nach Skilly gekommen. Sie heißt Pip und ist zehn, sieht aber aus wie acht. Sie wohnt jetzt in Ashanis Zimmer, obwohl sie ganz anders ist als Ashani. Sie ist klein und dünn und trägt einen dunkelroten Pullover, der ihr zu groß ist, und die Ärmel sind ganz durchgeweicht und die Wolle löst sich auf, weil sie dauernd darauf rumkaut.

Beim Essen sagte sie nichts und sah niemanden an. Ich versuchte ihren Blick aufzufangen, aber es war, als hätte sie eine Mauer vor dem Gesicht. Sie sah traurig aus, wie sie da saß und ihre Mauer anstarrte. Sie aß nichts, sondern kaute nur auf ihrem Pullover herum.

Hortense brachte ihr später etwas zu essen aufs Zimmer. Es verstößt gegen die Regeln, Essen mit nach oben zu nehmen, aber wenn ich verantwortlich wäre, würde ich sagen, die Regeln spielen keine Rolle, denn wenn Pip nichts isst, verhungert sie. Ich werde versuchen, mich mit ihr anzufreunden.

Die Maus

Wir haben einen Computer in der Schule. Miss Campbell hat ihn uns gezeigt. Sie sagte, eines Tages wird jeder so was haben. Es ist eine große graue Kiste mit vielen Kabeln und der Bildschirm leuchtet auf und alle Buchstaben sind auf einem Extrabrett. Als sie ihn einsteckte, fragte sie: »Wo ist denn die Maus?«, und alle blickten auf den Boden, um zu sehen, ob ihnen eine Maus die Beine hinaufrannte. Aber Miss Campbell suchte nicht nach einer echten Maus. Sie suchte nach einem Ding mit Knöpfen.

Der Computer ist ziemlich gut, weil man damit spielen kann, aber das Beste ist, dass er leiser ist als eine Schreibmaschine. Wenn man die Tasten antippt, machen sie nicht so viel Krach.

Glenda

Glenda ist wieder da. Ganz bestimmt. Ich sehe sie immer aus den Augenwinkeln. Ich bin sicher, dass sie es ist. Auch in unserem Zimmer kann ich sie spüren. Ich weiß einfach, dass sie da ist. Ich habe ihr die Postkarte mit dem Huhn gezeigt, aber ich habe ihr nicht von Martha erzählt, weil sie ja weiß, wie es dort war, schließlich war sie dabei. Ich bin so froh, dass sie wieder da ist.

Stufen

Dies ist die Anzahl der Stufen von allen Orten, an denen ich gewesen bin, seit ich zählen kann. Ich zähle immer die Stufen, weil ich dann weiß: Egal, was passiert, ich muss nur so viele Stufen runtergehen, um wieder nach unten zu kommen. Und dann kann ich raus und in den Himmel hinaufsehen. Davon geht es mir besser.

* *Unser Zimmer in Skilly*	*47 Stufen*
* *Mrs Clanks' Büro*	*2 Stufen*
* *Marthas Atelier*	*30 Stufen*
* *Unser Zimmer bei Martha*	*14 Stufen*
* *Brendas und Alfs Wohnung*	*32 Stufen*
* *Petras Wohnung*	*1 Stufe*
* *Unser Zimmer bei Alara*	*13 Stufen*
* *Adams Wohnung*	*28 Stufen*
* *Unser Zimmer bei den Grimbles*	*10 Stufen*
* *Die Frau, die gemein zu uns war*	*17 Stufen*

* *Oma in Greenwich*	*55 Stufen*
* *Oma neben den Garagen*	*3 Stufen*
* *Tante mit blond gefärbten Haaren*	*18 Stufen*
* *Tante in Brixton*	*22 Stufen*
* *Nationalgalerie*	*22 Stufen*
* *Obergeschoss im Doppeldeckerbus*	*8 Stufen*
* *Boot auf der Themse*	*12 Stufen*
* *Zahnarzt*	*4 Stufen*

Pip ist in meiner Klasse

Pip ist in meiner Klasse. Sie geht mit Zac und mir zur Schule. Na ja, sie geht nicht wirklich mit uns, sie geht hinter uns. Es ist ein bisschen peinlich, falls jemand herausfindet, dass sie bei uns wohnt, weil ich möglichst niemandem erzähle, dass ich ein Pflegekind bin. Aber ich glaube, ich muss mir keine Sorgen machen, denn Pip spricht mit niemandem. Sie sitzt einfach nur vorne in unserer Klasse und sieht zu Boden, und in der Pause steht sie ganz allein auf dem Schulhof und spielt mit niemandem.

Amanda und Kaleigh haben versucht, nett zu ihr zu sein, aber sie hat sie noch nicht mal angesehen. Sie hat nur auf ihrem Ärmel rumgekaut. Ihren alten Pullover trägt sie überall, sogar in der Schule. Sie zieht ihn nie aus. Sie erlaubt Hortense noch nicht mal, ihn zu waschen. Manche Leute könnten denken, sie sei verzogen, aber ich glaube, sie ist traurig.

Hunde

Zac hat sich ein Buch mit dem Titel *Fakten über Hunde für Hundeliebhaber* aus der Stadtbücherei ausgeliehen. Ich glaube nicht, dass ich eine Hundeliebhaberin bin, denn ich hätte mir dieses Buch nicht ausgesucht, aber Zac schon, denn er redet dauernd von Hunden und hätte gern einen, und manchmal streichelt er die Bilder.

»Glaubst du, dass unser Hund noch lebt?«, fragte er.

Er meinte den auf dem Foto.

Ich sagte: »Das bezweifle ich.«

Da wurde er wütend und wollte ihn sich noch einmal ansehen, also holte Hortense unser Erinnerungsalbum und wir schlugen die Seite mit dem Foto auf und versuchten herauszufinden, was für eine Rasse unser Hund war, weil in dem Buch stand, dass es von der Rasse abhängt, wie lange ein Hund lebt.

Hier sind einige Beispiele dafür, wie lange bestimmte Hunde leben. Wie lange sie leben, nennt man ihre Lebenserwartung.

* *Beagle – 12 bis 14 Jahre*
* *Bulldoggen – 8 bis 10 Jahre*
* *Boxer – 11 bis 14 Jahre*
* *Chihuahuas – 15 Jahre oder länger*
* *Dackel – 12 bis 14 Jahre*
* *Deutsche Schäferhunde – 10 bis 12 Jahre*
* *Golden Retriever – 10 bis 12 Jahre*
* *Deutsche Doggen – 6 bis 8 Jahre*
* *Labradore – 12 bis 14 Jahre*
* *Pudel – 12 bis 14 Jahre*
* *Rottweiler – 8 bis 10 Jahre*
* *Yorkshireterrier – 12 bis 15 Jahre*

Wenn unser Hund ein Labrador war, konnte er vierzehn Jahre alt werden oder vielleicht sogar älter, wenn man sich gut um ihn kümmerte.

Aber unser Hund sieht ganz anders aus als die Hunde in dem Buch. Er hat große Ohren, eine lange Schnauze und kleine Augen, und er ist haarig und es ist schwer zu sagen, aber er hat wohl dünne Beine. Hortense sagte, er sei wahrscheinlich ein Mischling, also eine Kombination aus zwei Hunderassen, und Zac meinte, das sei okay, weil in dem Buch stand: *Mischlingshunde geben wunderbare Gefährten ab und sind genauso liebenswert wie Rassehunde.*

Dann sagte er: »Das auf dem Foto ist ein Welpe. Es ist ein Welpe.«

Ich sagte: »Es ist kein Welpe, er ist schon erwachsen. Mama hätte nach unserer Geburt keinen Welpen gekauft. Man schafft sich keinen Hund an, wenn man Babys hat. Das ist zu viel Arbeit.«

»Hätte sie wohl«, sagte Zac. »Um auf uns aufzupassen.«

»Man schafft sich keinen Hund an, damit er auf Kinder aufpasst«, sagte ich.

»Doch«, sagte Zac. »Wenn man nicht selbst auf sie aufpassen kann.«

Dann schwieg er und sein Gesicht verrutschte wie eine Sandburg, und ich wusste nicht, ob er weinte, weil mein Blick ganz verschwommen wurde und mein Gesicht sich auch in eine Sandburg verwandelte. Ich musste tief durchatmen und warten, bis der Moment verstrich, in dem ich dachte, vielleicht hatte unsere Mutter den Hund behalten, aber uns weggegeben.

Dann sagte Zac: »Deshalb mag ich Hunde. Weil ein Hund auf uns aufgepasst hat.«

Er sagte es, als ergäbe plötzlich alles einen Sinn, nur sah er nicht so aus. Er sah aus, als ergäbe nichts einen Sinn und als verabscheute er alles.

Ich wünschte, wünschte wirklich von ganzem Herzen, wir

wüssten, warum unsere Mutter uns verlassen hatte und wer und wo sie war. Denn nichts zu wissen bedeutet, dass alles Mögliche passiert sein könnte und alles, was Zac und ich uns ausdenken, wahr.

Manchmal glaube ich, der Hund war vielleicht auf die Straße gelaufen und Mama hinterher, und sie waren beide überfahren worden, oder sie hatte jemanden geheiratet, der Hunde mochte, aber keine Kinder. Zac glaubt, dass sie eine Agentin war und der Hund ein Mikrofon unter dem Ohr versteckt hatte und dann musste sie in ihr Heimatland zurückkehren, und wir sind in Wirklichkeit Ausländer. Als er klein war, dachte er, sie wäre im Gefängnis und er müsste sie befreien, aber dann bekam er Albträume und ich sagte ihm, sie wäre ganz bestimmt nicht im Gefängnis. Er ließ es mich bei meinem Leben schwören, also hoffe ich, dass ich recht hatte.

In Wirklichkeit glaube ich, dass sie wahrscheinlich ganz normal ist wie wir und alte, abgewetzte Kissen in den Sesseln hat und Staub im Flur wie die meisten Leute. Und dann bin ich wütend auf sie, weil sie sich so geheimnisvoll gibt, obwohl sie wahrscheinlich gar nicht anders ist als die anderen. Außer, dass die meisten Leute ihre Kinder nicht verlassen. Also unterscheidet sie das vermutlich von den anderen.

Wie auch immer, wir bekamen nicht heraus, was für ein Hund es war, und Hortense sagte, wir sollten uns einen durchschnittlichen Hund mit einer durchschnittlichen Lebenserwartung vorstellen, und das sind ungefähr zehn Jahre. Wenn das auf dem Foto also ein Welpe war, konnte er noch leben, und wenn es ein alter Hund war, war er wahrscheinlich schon an Altersschwäche gestorben. Falls er nicht überfahren worden war.

Alice

OKTOBER 1989

Pip hat heute mit mir gesprochen. Es war das allererste Mal. Sie lehnte am Baum und redete mit sich selbst und ich dachte, dass sie vielleicht mit einem Geist sprach, also setzte ich mich neben sie. Ich wollte ihr von Glenda erzählen.

Erst sagte ich nichts, dann fragte ich: »Mit wem hast du geredet?«

Und sie sagte – ganz leise, mit einer so winzigen, schwachen Stimme, dass ich sie kaum verstehen konnte: »Mit meiner Schwester.«

Ich fragte: »Wohnt sie woanders?«

Und sie schüttelte den Kopf und sagte: »Nein. Sie ist tot.« Ihr Gesicht war ganz leer. Als wäre es in ihrem Kopf so schrecklich, dass sie alles ausschalten musste, und da verstand ich, warum sie eine Mauer vor dem Gesicht hat.

Am liebsten hätte ich geweint, aber das tat ich nicht, weil nicht ich Grund zum Weinen hatte, sondern sie, also holte ich tief Luft, wie wenn ich eine Spritze bekomme. Meine Kehle tat richtig weh, weil so ein dicker Kloß darin steckte.

»Wie heißt sie?«, fragte ich.

»Alice. Sie ist zwölf.«

Anschließend verschwanden alle Wörter aus meinem Kopf, deshalb saß ich einfach nur da. Ich glaube, Pip störte das nicht. Wir saßen ewig so, ohne etwas zu sagen, und Pip kaute auf ihrem Ärmel herum.

Dann fragte ich: »Ist das ihr Pullover?«

Pip nickte, stand auf und ging weg.

Dass Pips Schwester gestorben ist, ist das Traurigste auf der ganzen Welt. Wenn Zac sterben würde, würde ich auch sterben. Mein Herz würde stehenbleiben und ich könnte keinen Moment länger leben. Ich wüsste noch nicht mal mehr, wie man atmet. Es macht mir Angst, darüber nachzudenken, falls es dadurch Wirklichkeit wird. Ich weiß, es hat nichts miteinander zu tun, aber dann wieder denke ich: Vielleicht doch. Das nennt man abergläubisch sein.

Eigentlich ist Zac abergläubisch, nicht ich. Wenn ich ihm von Pips Schwester erzählte, würde er denken, ich sterbe auch, deshalb erzähle ich ihm nicht davon. Er glaubt ja schon, dass etwas Schlimmes passieren wird, wenn jemand im Haus einen Schirm aufspannt oder unter einer Leiter hindurchgeht. Und wenn er sich wegen irgendwas in der Schule Sorgen macht, versucht er, nicht auf die Ritzen zu treten. Wir laufen einfach so, als wäre alles ganz normal, und plötzlich ruft er: »Nicht auf die Ritzen treten!«, und ich muss einen Satz machen, damit ich nicht auf einer lande. Oder wenn ich auf einer stehe, muss ich noch mal über dieses Stück Bürgersteig gehen, aber diesmal nicht drauftreten.

Ich habe versucht ihm zu erklären, dass Aberglaube eine Erfindung der Menschen ist und nichts bewirkt, aber er meint, selbst wenn es eine Erfindung ist, würde es trotzdem etwas bewirken.

Ich sagte: »Ja, aber es ist keine Zauberei. Es bringt kein Unglück.«

Er fragte: »Woher weißt du das?«

Und wenn jemand fragt: »Woher weißt du das?«, und du es nicht beweisen kannst, kannst du eigentlich nicht mehr viel sagen.

Zac und ich haben uns unseren eigenen Aberglauben ausgedacht. Hier sind einige Dinge, die Unglück bringen:

* *Den Scheitel auf die andere Seite zu kämmen.*
* *Rotes und grünes Essen (z. B. Salat und Tomaten) zusammen auf einem Teller zu essen. Das heißt, wir können keinen Salat essen.*
* *Ein Igel, der überfahren wird (das war Zacs Idee, aber ich*

finde, das ist kein Aberglaube – sondern nur Pech für den Igel).

* *Zwei verschiedene Socken zu tragen.*
* *Aus dem Bett zu fallen.*
* *Sein Spiegelbild im Fenster zu betrachten.*
* *Seine Hose falsch rum anzuziehen.*

Die Mauer

NOVEMBER 1989

Miss MacDonald hat uns von einer Stadt namens Berlin erzählt, durch die eine Mauer führt, so dass die Leute nicht von einer Seite auf die andere können. Man nennt sie die Berliner Mauer. Sie steht dort seit fast dreißig Jahren, also praktisch schon immer. Einige Leute waren ihr ganzes Leben lang auf der falschen Seite gefangen. Wenn sie gerade einkaufen waren, als die Mauer gebaut wurde, waren sie für immer von ihrer Familie getrennt. Sie konnten noch nicht mal rüberklettern, weil sie sonst von Soldaten erschossen worden wären.

Ich glaube, das ist, wie wenn man ein Pflegekind ist. Es gibt eine große, hohe Mauer und dahinter ist deine Familie, aber du kannst nie hinüberklettern. Das Einzige, was du tun kannst, ist, dir nicht dauernd die Mauer anzugucken, denn sonst kannst du an gar nichts anderes mehr denken. Wie Pip. Du musst einfach so tun, als wäre sie nicht da, und weitermachen.

Aber Miss MacDonald erzählte uns, dass die Leute jetzt begonnen hätten, die Mauer einzureißen. Es ist unglaublich. Sie hat uns einen Film gezeigt. Sie sagte, es sei ein historischer Augenblick. So wie der Tag, als der Baum umgestürzt ist. Die Leute schlugen die Mauer mit Hammern kaputt und steckten sich einzelne Stücke der Mauer in die Tasche. Sie kletterten hinauf, winkten von oben und sprangen auf der anderen Seite hinunter. Sie weinten und lächelten und lachten – alles zugleich – und hielten Ausschau nach den Menschen, die sie verloren hatten. Manche von ihnen erkannten sich sogar wieder, obwohl sie inzwischen ganz alt sind.

Und die Soldaten schossen gar nicht, weil zu viele Leute da waren, um sie alle zu erschießen, und weil sie wahrscheinlich selbst über die Mauer klettern wollten. Wahrscheinlich haben sie auch Tanten oder Großmütter auf der anderen Seite.

Es war wirklich unglaublich!

Ein Foto von Glenda

Ich habe ein Foto von Glenda gesehen! Hortense hat eine Schachtel mit Fotos von Kindern aus Skilly gefunden und sie auf dem Küchentisch ausgekippt. Es war, wie wenn man sich Hunderte von Gespenstern ansieht. Wir wussten, dass es Kinder aus Skilly waren, weil sie vor Skilly House saßen oder unter dem Baum, als der noch stand. Ein Foto ist so alt, dass es braun und weiß ist und die Mädchen darauf ganz lange Kleider tragen und alle furchtbar unglücklich aussehen, aber Hortense sagte, früher mussten die Leute ganz lange still sitzen, um ein Foto zu machen, und es sei schwierig, so lange zu lächeln. Das heißt, vielleicht waren sie gar nicht traurig. Vielleicht gucken sie nur so, weil sie so lange warten mussten. Zac und ich versuchten ganz lange zu lächeln und nach einer Weile sah es gar nicht mehr aus wie ein Lächeln. Es sah aus wie ein Schrei.

Das Foto mit Glenda ist nicht so alt wie das braun-weiße, aber es ist schwarz-weiß, weil es damals noch keine Farbfilme gab. Auf dem Foto stehen sieben Kinder in einer Reihe. Die Mädchen tragen Röcke und die Jungen kurze Hosen und allen Kindern sind die Socken runtergerutscht. Auf der Rückseite des Fotos steht *1948,* das ist das Jahr, nachdem Glenda den Brief geschrieben hat. Die Namen der Kinder sind in der richtigen Reihenfolge aufgeschrieben und die Letzte in der Reihe ist Glenda Hyacinth! Sie steht neben einem Jungen namens Bill Glover. Ich traute meinen Augen kaum und musste sie unentwegt anstarren.

Sie sieht nicht ganz so aus, wie ich sie mir vorgestellt habe. Sie hat lange Haare mit einem Pony und eine Schleife im Haar. Wahrscheinlich ist es das Schleifenband, das sie auf dem

Trümmergrundstück gefunden hat. Die Schleife ist ein wenig verrutscht und sieht aus, als würde sie jeden Moment rausfallen. Sie lächelt nicht, obwohl sie es gekonnt hätte, weil schon 1948 war und es da bessere Fotoapparate gab, aber sie blickt mit einem ganz leeren Ausdruck in die Kamera. Wahrscheinlich ist sie es leid, darauf zu warten, dass Bill aufhört zu reden oder dass alle in einer Reihe stehen, oder vielleicht ist sie es auch leid, darauf zu warten, dass das Leben besser wird. Oder vielleicht will sie sich nicht bewegen, damit ihre Schleife nicht rausfällt.

Als ich mir das Foto ansah, stand Mrs Clanks hinter mir. Ich fühlte mich ein wenig unbehaglich, also fragte ich: »Was ist aus den Kindern geworden?«

Einen Moment lang sagte sie nichts. Sie sah sich nur das Foto an.

Dann sagte sie: »Sie sind erwachsen geworden«, und ging weg.

Ich kam mir dumm vor. Hortense tätschelte mir den Arm.

»Es ist wunderbar, dass du dich dafür interessierst, Ira«, sagte sie. »Diese Kinder waren vor dir hier. Es ist wunderbar, dass du dir ihre Fotos anschauen kannst.«

Jetzt kann ich mir Glenda richtig vorstellen. Ich habe sie durch Skilly rennen sehen und ich habe sie bei Martha im Garten gesehen, aber ich konnte sie nie genau erkennen. Und jetzt kann ich sie mir wirklich richtig vorstellen. Ich wollte mir auch eine Schleife ins Haar binden, weil wir Freundinnen sind und Freundinnen so was machen. Aber ich habe keine Schleife, also nahm ich stattdessen ein Haarband.

Zac fragte: »Warum trägst du das?«

Aber ich sagte es ihm nicht. Ich zuckte nur mit den Schultern.

Meine Geschichte

Miss MacDonald hat uns heute in der Schule von Schottland erzählt. Sie sagte, es gibt dort ganz viel Landschaft und lauter Berge und es regnet oft, deshalb wachsen die Sachen so schnell, wie zum Beispiel riesige Karotten, und es gibt jede Menge Kartoffeln, die dort ganz anders genannt werden als bei uns.

Sie zeigte uns karierte Stoffe, aus denen Kilts gemacht werden. Jede Familie hat ihr eigenes Karomuster, so dass die Leute nur einen Blick auf ihre Kleidung werfen müssen und wissen, ob sie eine Campbell oder eine MacDonald sind. Da fragte ich mich, ob vielleicht irgendjemand in unserer Familie Schotte ist, und falls ja, wie ihr Karomuster dann wohl aussieht. Vielleicht sind sie Campbells. Wenn sie wirklich Schotten sind, hoffe ich, dass ihr Muster grün ist. Grün ist nämlich meine Lieblingsfarbe.

Während Miss MacDonald redete, kletterten ein paar Leute an den Laternenpfählen vor der Schule hoch und hängten ein Transparent dazwischen, auf dem KEINE KOPFSTEUER stand. Es war unglaublich, wie schnell das ging. Sie glitten einfach die Pfähle hoch und wieder runter und Miss MacDonald merkte es noch nicht mal. Ich nehme an, sie haben es schon häufiger gemacht.

Anschließend sagte Miss MacDonald, wir sollten Geschichten schreiben. Sie sagte: »Lasst eurer Fantasie freien Lauf und schreibt etwas aus der Vergangenheit.« Sie meint, dass eine gute Fantasie aus etwas Gewöhnlichem etwas Außergewöhnliches machen kann.

Ich schrieb über ein Gespenst namens Glenda, das nie erwachsen wird, aber immer davon träumt, was es mal werden will. Die Figur beruht auf meiner Glenda, aber sie ist es nicht wirklich. Miss MacDonald gefiel die Geschichte so gut, dass sie unten auf die Seite schrieb: *Ira hat sich große Mühe gegeben und eine sehr schöne Geschichte geschrieben. Sie hat eine wunderbare Fantasie.*

Nach der Schule, als alle anderen schon gegangen waren, sagte sie zu mir: »Du hast wirklich Talent, Ira«, und sie meinte, ich solle meine Geschichte Mrs Clanks zeigen. Ich wollte nicht, aber da ich genickt hatte, musste ich es auch tun. Also ging ich, als ich zurück in Skilly war, zu Mrs Clanks.

Nachdem sie Miss MacDonalds Bemerkung gelesen hatte, sagte sie: »Gut gemacht, Ira. Soll ich deine Geschichte lesen?«

Ich wollte Nein sagen, weil sie nicht die Art Mensch ist, der an Gespenster glaubt, aber es war überhaupt nicht als Frage gemeint. Beim Lesen machte sie ein komisches Gesicht. Die Geschichte gefiel ihr gar nicht, obwohl sie nicht besonders lang ist. Als Mrs Clanks fertig war, legte sie das Heft auf ihren Schreibtisch.

»Wer ist Glenda?«, fragte sie.

»Sie ist ein Mädchen von dem Skilly-Foto, auf dem hinten *1948* steht«, sagte ich. »Sie hat früher hier gelebt.«

Mrs Clanks sagte: »Verstehe.«

Und dann sagte sie: »Vielleicht solltest du über Menschen schreiben, die du kennst – echte Menschen und keine erfundenen.«

»Sie ist echt«, sagte ich.

»Was ich damit sagen will, Ira, ist, dass es besser wäre, wenn du in der echten Welt leben würdest. Bleib mit beiden Beinen auf dem Boden. Verträum dein Leben nicht.«

Es fühlte sich furchtbar an, als sie das sagte.

»Die echte Welt ist nicht schön«, sagte ich.

»Bei Martha war es doch schön, oder?«

»Ja«, sagte ich, »aber jetzt bin ich wieder in Skilly und hier ist es überhaupt nicht schön.«

Dann nahm ich meine Geschichte und ging. Einfach so. Was ich gesagt hatte, stimmte gar nicht, aber ich wollte sie genauso verletzen, wie sie mich verletzt hatte. Als ich in mein Zimmer kam, riss ich meine Geschichte in lauter kleine Schnipsel und warf sie in den Papierkorb. Es sah aus wie das Konfetti bei einer Hochzeit, nur dass es keine fröhlichen Konfetti waren, sondern traurige Konfetti, wie man sie vielleicht bei einer Beerdigung werfen würde.

Ich hasse Schreiben, ich hasse Zeichnen, ich hasse alles. Ich will niemals erwachsen sein und so werden wie Mrs Clanks, aber ein Kind will ich auch nicht sein.

Gespenster

Letzte Nacht konnte ich nicht schlafen. So aufgebracht war ich wegen meiner Geschichte. Selbst an eine Eule auf dem Dach zu denken half mir nicht. Ich stand auf und sah aus dem Fenster. Am Himmel stand der Mond ganz groß und ich dachte gerade, wie schön er aussah, als ich Glenda entdeckte. Sie rannte durch den Garten und wirkte richtig glücklich und frei, und am liebsten wäre ich dort draußen bei ihr gewesen.

Und dann dachte ich: »Warum nicht? Wenn ich will, kann ich das.«

Also beschloss ich, ebenfalls rauszugehen.

Zac schlief. Sein Fuß ragte unter der Decke hervor und zuckte immer wieder. Wahrscheinlich träumte er vom Fußballspielen. Ich öffnete ganz leise die Tür und schlich die Treppe hinab. Ich machte kein einziges Geräusch, weil Zac und ich gelernt haben, an welchen Stellen es knarrt. Wir haben immer so getan, als würden wir explodieren, wenn die Treppe unter uns knarrte. Man lernt ziemlich schnell, wenn man denkt, man könnte bei jedem Schritt explodieren.

Unten schloss ich die Hintertür auf und schlich hinaus. Durch den Mond war es ziemlich hell, aber auch ganz schön unheimlich. Das Gras war kalt und nass unter meinen Füßen.

Dann sah ich, wie sich die Büsche bewegten, und ich flüsterte: »Glenda! Glenda!«, aber sie kam nicht raus. Als ich gerade wieder reingehen wollte, sah ich sie durch den Garten rennen. Sie war kaum zu erkennen wie ein leichter Nebelhauch.

Und dann bemerkte ich, dass sich die Blätter bewegten, als würden Kinder mit den Fingern darüberfahren, und mir wurde klar, dass im ganzen Garten Gespenster herumrannten und die Blätter berührten. Also rannte ich auch los. Ich rannte über den Stamm, sprang am Ende wieder runter, und dann rannte ich um den Teich, spähte ins Wasser und sah, wie sich der Mond darin spiegelte und Insekten darüberhüpften. Und während ich rannte, strichen meine Finger die ganze Zeit über die Büsche. Es war so schön.

Aber da kam mir der Garten plötzlich wieder unheimlich vor und ich lief zurück ins Haus und schloss die Tür ab, und obwohl ich Angst hatte, rannte ich die ganze Treppe hinauf, ohne dass sie auch nur ein einziges Mal knarrte.

Anschließend ging es mir besser, weil ich jetzt wusste, dass Glenda, während wir schliefen, im Garten mit den anderen Kindern spielte, die früher hier gewohnt hatten. Und dadurch fühlte ich mich weniger einsam.

Zac hatte nichts gemerkt, als ich in unser Zimmer zurückkehrte, und lag unverändert da. Sogar sein Fuß zuckte immer noch. Er sah so warm aus, daher kroch ich zu ihm ins Bett, und als er meine kalten Füße spürte, rollte er sich zusammen und drehte sich um.

Mrs Clanks

Heute musste ich wieder zu Mrs Clanks ins Büro. Ich sah sie nicht an, als ich eintrat, und ich hatte auch nicht vor, ihr zuzuhören. Ich hoffte nur, dass sie mich nicht im Garten gesehen hatte.

Sie sagte mir, ich solle mich setzen, und dann sagte sie: »Es war sehr unhöflich von dir, einfach mitten in unserem Gespräch wegzugehen.«

»Es tut mir leid«, sagte ich, obwohl ich es nicht wirklich so meinte.

»Aber eigentlich wollte ich mich bei dir entschuldigen«, fuhr sie fort. »Es tut mir leid, wenn du denkst, deine Geschichte habe mir nicht gefallen. Sie hat mir sehr gut gefallen.«

Sie sah seltsam aus. Ihr Gesicht wirkte gar nicht mehr steinern. Es sah aus, als geriete es aus der Form.

»Was ich versucht habe, dir zu sagen, ist etwas, das ich im Laufe meines Lebens gelernt habe: dass man nur dann etwas erreichen kann, wenn man in der realen Welt lebt und das Beste daraus macht. Verstehst du, was ich meine?«

»Dass man erwachsen werden muss?«, fragte ich.

»Ja. So könnte man es auch ausdrücken. Leb nicht in irgendeinem Traum. Wenn du zu sehr in deinen Träumen lebst, wirst du immer enttäuscht sein.«

Ich zuckte mit den Schultern.

»Aber deine Geschichte hat mich sehr beeindruckt, Ira. Du musst sie Silas zeigen. Du weißt doch, wie sehr er gute Geschichten mag.«

»Ich habe sie zerrissen«, sagte ich. »Ich habe sie zerrissen und weggeschmissen.«

Mrs Clanks wandte den Blick ab, als ob sie anfangen müsste zu weinen, wenn sie jetzt etwas sagen würde. Ihr Gesicht wurde sogar noch härter als sonst und sie musste immer wieder schlucken, wie um die Tränen zurückzuhalten.

»Es tut mir leid, wenn ich dich dazu gebracht habe, deine Geschichte zu zerreißen. Und es tut mir leid, wenn ich zu streng war. Schreibst du noch eine?«

Ich wollte sagen: »Nein, das tue ich nicht. Nie wieder«, aber da sagte sie: »Eine Sache, die du lernst, wenn du älter wirst, ist, dass Erwachsene sich oft irren – vielleicht wirst du einer der Menschen sein, die sehr wohl in ihren Träumen leben können.«

Ich hatte auch das Gefühl, gleich weinen zu müssen, ohne genau zu wissen, warum.

Daher sagte ich nur: »Okay«, und sie erwiderte: »Gut.«

Dann sagte sie: »Du hast Talent. Das ist etwas Besonderes. Nicht jeder hat dieses Glück.«

Ich nickte.

Jetzt fühlt sich alles seltsam an. So als stünde alles auf dem Kopf. Es gefällt mir besser, wenn es richtig rum ist. Dann weiß ich, was los ist.

Ich frage mich, ob Mrs Clanks vielleicht doch die Ostereier gebracht hat.

Eine Einladung von Martha!

DEZEMBER 1989

Martha hat uns zu Silvester eingeladen! Sie hat es auch gar nicht über »Stadtkinder – Landkinder« organisiert. Sie hat es einfach gemacht, weil ihr danach war, und das heißt, sie will, dass wir kommen. Obwohl wir so ein Durcheinander angerichtet haben, will sie uns wiedersehen. Zac und ich können gar nicht mehr aufhören zu grinsen und Zac springt überall herum. Hoffentlich beruhigt er sich wieder, bevor wir dort ankommen.

Als ich Silas davon erzählte, sagte er: »Ergreif den Augenblick, Ira, ergreif den Augenblick.«

Diesmal freuten sich alle für uns, sogar Jimmy. Wahrscheinlich weil er jetzt weiß, dass wir wiederkommen werden. Die Einzige, die weder glücklich noch traurig noch sonst irgendwie wirkte, war Pip. Sie starrte bloß ihre Mauer an.

Weihnachtsbaum

Heute haben wir den Weihnachtsbaum aufgestellt. Silas hat den größten besorgt, den er finden konnte. Ich dachte schon, er müsste die Spitze abschneiden, damit er unter die Decke passt, aber es ging. Jimmy half ihm beim Reintragen. Sie stellten ihn in einen Eimer Wasser, obwohl er schon tot ist. Mit Wasser sieht er länger lebendig aus. Dann denkt er, er wäre noch am Leben.

Hortense holte den Baumschmuck hervor und wir schmückten den Baum. Pip war ganz glücklich. Sie konnte nicht anders, obwohl sie eigentlich nie wieder glücklich sein will. Immer wieder berührte sie all die glänzenden Dinge.

Sophia schmückte den oberen Teil des Baums, weil sie die Größte ist – abgesehen von Jimmy, und der wollte nicht helfen. Er wollte den Baum nur reintragen. Ihr Stück war das schönste, weil sie nicht zu viele Christbaumkugeln aufgehängt hatte. Hortense sagte, sie sei dezenter. Das heißt, sie weiß, wann sie aufhören muss. Esther holte eine ihrer Puppen, Hortense wickelte sie in Alufolie und Sophia befestigte sie an der Spitze wie einen Engel. Unten hingen so viele Kugeln, dass man kaum noch die Zweige sehen konnte, aber als Hortense die Lichterketten einschaltete, sah alles wunderschön aus.

Wir standen im Dunkeln und konnten den Blick nicht von dem Baum abwenden. Es war geradezu magisch.

Jimmy

Jimmy verschwindet immer wieder. Er ist zu groß, um in einen Schrank gesperrt zu werden, also geht er wohl einfach raus. Er will nicht mehr in Skilly bleiben. Er will erwachsen sein. Er ist so groß, dass seine Knöchel immer unten aus den Hosen herausschauen, und er hat Pickel, daher glaube ich, dass er sich gerade sowohl von außen als auch von innen unwohl fühlt. Vielleicht versucht er seine Familie zu finden oder vielleicht will er auch einfach nur weg von uns.

An Weihnachten geht es uns Pflegekindern nicht gut, weil wir daran denken müssen, dass wir keine Familie haben, so wie andere Kinder. Überall in der Werbung lachen einem perfekte Familien entgegen, ziehen an Knallbonbons und lutschen Karamell, das sie von ihrem Opa bekommen haben. Hortense sagt, das sind gar keine echten Familien, sondern bloß Schauspieler, aber trotzdem sehen sie glücklicher aus als Pflegekinder. Ich bin an Weihnachten allerdings gar nicht traurig, weil ich Weihnachten immer in Pflege gefeiert habe, deshalb kenne ich es nicht anders. Zumindest soweit ich mich erinnern kann. Aber Jimmy ist traurig. Jimmy hasst Weihnachten.

Ich habe ihn heute gefragt, ob er mit uns spielt, aber er schüttelte den Kopf und sah mich noch nicht mal an. Dann ging er weg. Er kam erst zurück, als wir ins Bett gingen. Mrs Clanks schimpfte mit ihm und Silas sagte: »Komm schon, Junge«, und Hortense nahm ihn in den Arm und machte ihm Abendessen, weil er noch nichts gegessen hatte.

Hortense sagt, Jugendliche brauchen mehr als alle anderen eine Familie, was ein Jammer ist, weil Jugendliche die am wenigsten liebenswerten Kinder sind.

Weihnachten

Heute bekam ich Buntstifte, ein Skizzenbuch, Filzstifte und ein Schnapparmband wie die, die alle in der Schule tragen. Wir haben alle Schnapparmbänder bekommen. Meins ist grün, Zacs ist rot, Esthers ist gelb. Sie sehen aus wie Lineale, aber wenn man sie aufs Handgelenk schlägt, werden sie zu Armbändern. Ich habe auch noch Murmeln bekommen und eine kleine Teekanne, die man zu einem Haus aufklappen kann. Darin ist ein Schlafzimmer mit zwei winzigen Betten und eine Küche mit Herd, Spüle und Tisch und eine Toilette, und es gibt drei kleine Dachse – Mutter, Vater, Kind. Mutter Dachs trägt eine Schürze und Vater Dachs eine Latzhose. Das Kind trägt ein T-Shirt und kurze Hosen. Ich wollte dem Vater die Schürze anziehen und der Mutter die Latzhose, aber die Kleider sind festgeklebt. Aber das macht nichts. Ich finde es trotzdem wunderschön.

Zac bekam das Gleiche wie ich, nur statt des Skizzenbuches und der Teekanne bekam er Pfeil und Bogen und eine Batmanfigur. Er hat sich sehr gefreut. Einen Batman wünscht er sich schon lange. Esther bekam gelbe Plastikschuhe und eine Tasche und Miles bekam einen Gameboy und Werkzeug und Jimmy bekam einen tragbaren CD-Spieler. Er hat Stöpsel, die er sich in die Ohren steckt, und dann kann er rumlaufen und Musik hören und wir können sie nicht hören und er kann uns nicht hören. Das ist gut, weil er keine Popmusik mehr mag. Er mag Bands, die schreien, weil ihm selbst nach Schreien zu Mute ist. Sophia bekam auch einen CD-Spieler und Milap einen Zauberkasten und Harit bekam einen Batman wie Zac. Pip bekam einen neuen Pullover, aber ich glaube nicht, dass sie ihn anziehen wird. Ich glaube, sie wird weiterhin ihren alten tragen. Außerdem bekam sie einen Bastelsatz und jede Menge Glitzerzeug, weil Hortense gesehen hat, wie gut ihr das gefiel, als wir den Baum geschmückt haben.

Beim Mittagessen gab es rote Servietten und goldene Knallbonbons. Die kleinen Überraschungen fielen dauernd auf den Boden. Wir mussten unter den Tisch krabbeln, um sie aufzusammeln. Es war unheimlich lustig. Zac bekam einen Plastikring, den er nicht wollte, und ich einen Schlüsselanhänger. Er wollte tauschen, aber ich wollte nicht. Ich werde den Schlüsselanhänger aufbewahren, bis ich meinen eigenen Haustürschlüssel habe, selbst wenn ich warten muss, bis ich groß bin. Hortense bekam eine Haarspange mit Puschel, die sie sich in die Haare steckte, und Silas hatte einen Papphut auf, der ihm immer wieder über die Augen rutschte. Mrs Clanks war auch da. Sie trug eine Schleife, die aussah wie Ilex mit zwei roten Beeren.

Das Weihnachtsessen ist immer das beste Essen von allen, und auch dieses Jahr war es wieder so. Ich gab Silas meine Füllung, weil er sie so gern isst und ich sie überhaupt nicht mag, aber von allem anderen nahm ich mir noch nach. Milap und Harit waren die Einzigen, die nichts aßen. Sie schoben bloß das Essen auf ihren Tellern hin und her, weil sie gern bei ihren Eltern gewesen wären und ihnen das den Appetit verschlug. Wir lasen ihnen die Witze aus den Knallbonbons vor, um sie aufzuheitern, aber die meisten waren gar nicht witzig. Die besten waren:

Welche Rosen welken nicht?
Die Matrosen.

Warum können Kühe nicht Fahrrad fahren?
Weil sie keinen Daumen zum Klingeln haben.

Glenda kam auch zum Weihnachtsessen, aber das wusste außer mir niemand. Die anderen konnten sie nicht sehen. Sie saß auch nicht mit am Tisch, weil sie nichts essen konnte, aber sie tauchte immer wieder irgendwo im Zimmer auf.

Nach dem Essen schenkte ich Hortense und Silas ein paar Bilder, die ich im Garten gezeichnet hatte. Auch Mrs Clanks schenkte ich ein Bild, denn seit sie sich wegen ihres Tadels meiner Geschichte bei mir entschuldigt hat, denke ich etwas anders über sie. Und als ich es ihr schenkte, gab sie mir einen Kuss. Zac musste übers ganze Gesicht grinsen.

Zac schenkte ich eine Schachtel, in der er tote Insekten und andere Sachen aufbewahren kann. Ich hatte sie aus einer Schachtel gebastelt, die ich beklebt und mit einem Huhn bemalt hatte. Das Huhn sieht aus wie ein Hund, aber es gefällt ihm. Er liebt Hunde ja sowieso. Er schenkte mir selbst gemachte Pfefferminzpralinen mit Zuckerguss, grünem Dekor und Minzgeschmack. Die erste war lecker, aber die zweite schmeckte nach Zahnpasta.

Wieder bei Martha

Wir sind wieder bei Martha! Wir sind mit Mrs Clanks im Zug hergefahren und waren gar nicht nervös, sondern einfach nur glücklich. Martha wartete auf dem Bahnsteig auf uns. Sie trug einen flauschigen grünen Mantel, orangefarbene Ohrenwärmer und dicke Stiefel. Ich musste mich zurückhalten, um nicht auf sie zuzurennen, damit ich nicht zu begeistert wirkte und mich blamierte. Als sie auf uns zukam, machte sie eine leichte Verbeugung.

»Ira, Zac«, sagte sie.

Sie lächelte.

Mrs Clanks kam diesmal nicht mit zum Haus. Sie unterhielt sich ein wenig mit Martha und wartete dann auf den nächsten Zug zurück nach London. Als wir gingen, sagte sie: »Viel Spaß.«

Auf dem Weg zum Haus sagte Martha: »Ich wollte dieses Jahr einen Weihnachtsbaum besorgen, aber das ging nicht. Entschuldigt bitte. Wenn wir zu Hause sind, werdet ihr sehen, warum.«

Ich überlegte, warum sie wohl keinen Baum besorgen konnte, und fragte mich, ob sie ihren Baumschmuck verloren hatte. Ich dachte sogar kurz, dass vielleicht ihr Dach eingestürzt war, weil ihr Haus sehr alt sein muss, aber als wir ankamen, war das Dach in Ordnung.

Als wir dann jedoch aus dem Auto stiegen, hörte ich Gebell, und kaum hatte Martha die Tür aufgeschlossen, sprang ein junger Hund heraus. Zac und ich kreischten, als wir ihn sahen, und er sprang an uns hoch und leckte uns die Gesichter ab. Es ist eine Sie und sie ist braun und weiß mit Schlappohren und großen schwarzen Augen wie Murmeln. Sie ist ein Spaniel und vier Monate alt und sie gehört Martha. Und sie ist der schönste Hund, den ich je gesehen habe.

Als Zac sie sah, war er selbst wie ein junger Hund, sprang auf und ab und wälzte sich auf dem Boden. Ich wurde innen ganz weich und sagte immer wieder: »Oooh.«

»Sie heißt Flitzi«, sagte Martha.

»Weil sie so herumflitzt?«, fragte ich.

Martha nickte. »Sie gibt keine Ruhe. Sie hält mich ganz schön auf Trab. Ich bin froh, dass ihr da seid.«

Zac und ich spielten den ganzen Nachmittag mit Flitzi im Garten. Es war eiskalt und sie trug einen kleinen karierten Mantel, der unter dem Bauch zugeknöpft wurde. Martha sagte, das sei nur für diesen Winter, solange sie noch ein Welpe sei. Ich weiß nicht, ob Flitzi Schottin ist, aber der Mantel passt auf jeden Fall zu ihr. Sie ist so witzig. Am Wasserhahn im Garten, wo das Wasser tropft, hing ein Eiszapfen. Sie leckte dauernd daran und kläffte. Sie hörte einfach nicht auf, weil sie nicht verstehen konnte, warum das Wasser hart war.

Martha schenkte Zac und mir so Ohrenwärmer wie ihre. Meine sind lila und Zacs sind blau. Zac wollte seine nicht aufsetzen, weil sie sehr groß und flauschig sind, aber dann bekam er kalte Ohren und es blieb ihm nichts anderes übrig. Ich musste mir das Lachen verkneifen.

Flitzi macht sogar ein noch größeres Durcheinander als wir bei unserem ersten Besuch bei Martha. Sie buddelt die Pflanzen aus, macht Sachen kaputt und pinkelt auf den Küchenboden. Martha putzt dauernd hinter ihr her.

Ich muss die ganze Zeit an sie denken. Sie erinnert mich an den Hund auf unserem Foto, denn obwohl sie ganz anders ist, ist sie auch ein Hund.

Unser schwarzer Hund, verglichen mit Flitzi:

UNSER HUND

* *Groß*

* *Schwarz*

* *Wahrscheinlich kein Welpe*

* *Dünne Beine*

* *Feuchte Nase*

* *Hüpft herum*

* *Kinderfreundlich (denn man würde keinen großen schwarzen Hund mit zwei Kleinkindern in einen Sessel setzen, wenn er das nicht wäre)*

FLITZI

* *Klein*
* *Braun und weiß*
* *Welpe*
* *Kurze Beine*
* *Feuchte Nase*
* *Hüpft herum*
* *Kinderfreundlich*

Martha machte einige Fotos von uns, wie wir mit Flitzi spielten. Sie will sie morgen zum Entwickeln bringen, damit sie bald fertig sind, und dann schickt sie uns die schönsten. Ich kann es kaum erwarten. Ich hoffe, Zac hat nicht gewackelt.

Als ich später den Schrank in unserem Zimmer öffnete, hing mein grünes Kleid immer noch vor der Blättertapete. Als Martha nicht hinsah, nahm ich es mit nach unten und legte es unter die Decke in Flitzis Korb. Jetzt hat sie es extragemütlich.

Silvester

Es ist schon Silvester! Und die ganze Woche ist schon fast vorbei.

Martha sagte: »Die Zeit verfliegt«, und genauso fühlt es sich an. Als wäre sie ein Feuerwerk – einen Moment lang wunderbar und dann auch schon wieder vorbei. Morgen ist Neujahr und anschließend müssen wir zurück nach Skilly.

Wir haben Flitzi eine Menge Tricks beigebracht. Wenn wir einen Stock werfen und »Hol« rufen, bringt sie ihn zurück, und wenn wir »Sitz« sagen, setzt sie sich hin und hält die Pfoten vor. Zac hat ihr beigebracht, direkt neben ihm herzulaufen. Wenn er langsamer wird, wird sie auch langsamer, und wenn er schnell rennt, rennt sie auch schnell.

Manchmal schläft sie auf meinem Schoß ein und dann muss ich ganz still sitzen, weil ich sie nicht wecken will. Es ist wie damals, als Silas die Schlange im Schlafsack hatte, nur dass es sich richtig schön anfühlt. Flitzi darf nicht nach oben, aber morgens bellt sie, bis wir runterkommen. Sie ist immer schon vor uns wach. Es ist, als würde sie die ganze Nacht auf uns warten.

Ich habe ein abstraktes Bild gemalt, das ist ein Bild über Gefühle. Martha hat meine ganzen Farbnamen auf den Tuben kleben lassen, daher kann ich mich gut erinnern, welche Farbe welche ist. Auf meinem Bild gibt es viel Grün und Blau. Ich habe es gemalt, als ich fröhlich war, also zeigt es, wie es ist, fröhlich zu sein. Martha hat es sich immer wieder angesehen und dann hat sie auf dem Kaminsims Platz gemacht, um es dort sicher aufzubewahren. Sie sagte, sie würde es gut verpacken, damit ich es mit nach Skilly nehmen könne, aber ich sagte, es sei mein Weihnachtsgeschenk für sie.

Als ich das sagte, zuckte ihr Mund ganz komisch und sie fummelte an ihrer Brille herum, als würde die gleich runterfallen, obwohl sie doch an der Kette hing. Dann sagte sie: »Nun, in diesem Fall musst du wiederkommen und noch eins malen.«

Also kommen wir Ostern wieder!!!

Neujahr

JANUAR 1990

Heute ist der erste Tag des ersten Monats des ersten Jahres der Neunziger! Ein ganz neues Jahrzehnt. Ich war wach, als das neue Jahr anbrach. Es verändert sich nichts Sichtbares, trotzdem fühlt es sich anders an.

Martha sagte, wenn wir um Mitternacht noch wach wären, könnten wir runterkommen. Doch Zac fielen die Augen zu, sobald er im Bett lag. Er konnte sie einfach nicht mehr offen halten. Ich hielt mich wach, indem ich an meine unerfüllbaren Träume dachte.

Einer meiner unerfüllbaren Träume ist es, Astronautin zu werden, damit ich mir die Welt aus der Ferne anschauen kann, zum Beispiel vom Mond aus. Aus der Ferne sieht die Welt bestimmt schön aus, wenn man nicht all die Dinge erkennt, die schieflaufen. Man sieht einfach nur das blaue Meer und die Berge und die Bäume und das Gras. Ein weiterer meiner unerfüllbaren Träume ist es, in den Wipfel der Weide zu fliegen und bei den Tauben zu sitzen. Noch einer ist es, in die Zeit zurückzukehren, als Glenda ein kleines Mädchen war, und mit ihr auf dem Trümmergrundstück zu spielen. Und noch einer, Dinge durch Denken geschehen lassen zu können wie Matilda. Ich habe noch eine Menge anderer unerfüllbarer Träume, aber das sind meine liebsten, und ich habe auch ganz normale Träume, zum Beispiel in einem schwarzen Taxi zu fahren oder Fish and Chips am Strand zu essen.

Als es schon ganz spät war, steckte Martha den Kopf durch die Tür.

»Noch wach?«, flüsterte sie.

Ich durfte mir ihren flauschigen gelben Bademantel ausleihen. Esther würde ihn lieben. Dann machte Martha heiße Schokolade und wir saßen auf dem Sofa, tranken sie und sahen fern. Die Sendung zeigte, was gerade an verschiedenen Orten der Welt geschah. An der Berliner Mauer war ein Riesenfest. Tausende Menschen waren dort, saßen auf der Mauer und schwenkten Fahnen. Es gab Feuerwerk und immer noch waren Leute dabei, die Mauer einzureißen und sie zu zerschmettern, denn sie ist kilometerlang. Einige Leute weinten, andere tanzten und wieder andere hielten nach ihren Verwandten Ausschau, aber es waren so viele Menschen dort, dass sie sie wahrscheinlich nicht finden konnten. Alle sahen aus, als befänden sie sich in einem Traum. Als wäre ein Tag angebrochen, den sie nie für möglich gehalten hätten.

Martha sagte: »Das ist eine Silvesterfeier, die sie nie vergessen werden.«

Und ich dachte, dass auch ich sie nie vergessen werde.

Anschließend zeigte die Sendung eine große Menschenmenge am Trafalgar Square in London. Die Leute sangen, saßen auf den Löwenstatuen und planschten in den Brunnen, obwohl es ziemlich kalt war. Ich sah keine Tauben, aber ich nehme an, dass die sich in die Hochhäuser zurückgezogen hatten, um sich vor dem Lärm in Sicherheit zu bringen. Wahrscheinlich sahen sie von dort aus runter, ob jemand Essen fallen ließ. Dann wurde eine Feier in Schottland gezeigt, auf der Leute in Kilts sangen und Dudelsack spielten. Vielleicht war Miss MacDonald auch dort, doch ich sah sie nicht. Die Schotten lieben Silvester. Sie organisieren ganz viele Partys.

Um zehn Sekunden vor Mitternacht begann ein Countdown. Es war wie bei einem Raketenstart. Alle zählten von zehn, neun, acht, sieben, sechs, fünf, vier bis null. Martha und ich fielen bei drei, zwei, eins ein, und als wir bei null waren, jubelten alle und küssten sich und Martha umarmte mich.

»Frohes neues Jahr, Ira«, sagte sie.

Es war das beste Silvester, das ich je hatte. Ich werde die Erinnerung daran bewahren für alle zukünftigen Silvesterfeiern, an denen ich allein bin oder nur mit Zac zusammen, und für alle zukünftigen Jahrzehnte, in denen ich alt bin und wenn sogar schon das nächste Jahrhundert angebrochen ist. Bei der schottischen Feier sangen alle ein Lied namens »Auld Lang Syne«, in dem es um alte Freunde geht, und ich musste an all die anderen in Skilly denken und an Zac, der oben schlief, und war richtig glücklich.

Als ich wieder ins Bett ging, schaute ich aus dem Fenster und sah Glenda unter den Sternen um die Weide hüpfen.

Ich hoffe, die Neunziger werden besser für Zac und mich. Ich hoffe, es wird so wie der Moment, als die Berliner Mauer gefallen ist: Wir sehen unsere Mutter wieder und alle sind glücklich.

Wenn dieses Jahrzehnt zu Ende ist, werde ich einundzwanzig sein. Und selbst wenn wir unsere Mutter nicht wiedersehen, wird es nicht so schlimm sein, denn dann sind wir keine Pflegekinder mehr. Dann sind wir erwachsen. Und Roboter werden die ganze Arbeit erledigen und ich kann vielleicht fliegen oder zum Mond reisen und meine Träume sind vielleicht gar nicht unerfüllbar.

Gute Vorsätze

Marthas guter Vorsatz fürs neue Jahr ist es, sich weniger Sorgen zu machen. Sie sagt, sie mache sich dauernd Sorgen und das sei nicht gut. So geht es mir mit dem Weinen. Deshalb mache ich es nicht mehr.

Ich habe drei gute Vorsätze gefasst. Ich hätte mir auch zehn Sachen vornehmen können, aber dann hätte ich mich nicht an alle erinnern können. Mein erster guter Vorsatz ist derselbe wie Marthas. Zweitens werde ich mehr zeichnen, damit ich richtig gut werde, und drittens werde ich mich in der Schule besser konzentrieren, damit Mrs Clanks nicht mit mir schimpft.

Zac sagte, sein guter Vorsatz sei es, mehr Süßigkeiten zu essen.

Ich sagte: »So ist das nicht gemeint mit den guten Vorsätzen – es geht darum, ein besserer Mensch zu werden.«

Also sagte er: »Okay, mein Vorsatz ist, mit den Füßen nicht mehr auf die Stühle zu steigen.«

Ich sagte: »Ich wette, das hältst du noch nicht mal einen Tag durch.«

Da meinte er: »Ich habe einen echten guten Vorsatz zum neuen Jahr, aber ich verrate dir nicht, was es ist.«

Dann tat er ganz wichtig, als hätte er ein großes Geheimnis. Es war ziemlich nervig. Aber ich fragte nicht nach, obwohl ich wusste, dass er das gerne gehabt hätte.

Jimmy ist verschwunden

Wir sind noch nicht mal seit einer Woche zurück in Skilly, aber es ist schon wieder alles ganz schrecklich. Jimmy ist verschwunden. Keiner weiß, wo er ist. Er ist gestern weggegangen, aber er war nicht in der Schule, hat niemandem gesagt, wo er hinwollte, und ist nicht zurückgekommen. Er war die ganze Nacht weg. Silas hat nach ihm gesucht, und immer, wenn das Telefon klingelt, geht Hortense ran und ist dann ganz aufgebracht, weil es nicht Jimmy ist.

Silas und Hortense mögen Jimmy wirklich sehr. Sie lieben ihn wahrscheinlich sogar. Jimmy hilft Silas im Garten und sie unterhalten sich bei der Arbeit und Hortense kennt ihn schon, seit er ein kleiner Junge war. Jimmy ist wirklich der alte Hase von Skilly. Sogar Mrs Clanks wirkt besorgt. Ich hoffe, er wird bald gefunden. Der Tee schmeckte heute furchtbar und so, als steckte Hortenses ganze Sorge darin.

Zac fragte: »Wo kann er denn die Nacht unterkommen?«, aber ich weiß keine Antwort. Es macht mir Angst, mir vorzustellen, dass Jimmy die ganze Nacht draußen war. Ob er wohl auf dem Bürgersteig geschlafen hat oder ob er einfach herumgelaufen ist? Ich hoffe, er hat etwas Geld, damit er Silas anrufen kann, wenn er Hilfe braucht.

Zac glaubt, Jimmy sei entführt worden, aber das glaube ich nicht, weil er niemanden hat, der Geld bezahlen würde, um ihn zurückzubekommen, also lohnt es sich nicht, ihn zu entführen. Nur reiche Kinder werden entführt. Ansonsten lohnt es sich nicht.

Jimmy ist wieder da!

Jimmy ist wieder da, aber er freut sich nicht, hier zu sein. Er ist wütend. Er hat dunkle Ringe unter den Augen, also hat er wohl nicht viel Schlaf abbekommen. Silas hat ihn zurückgebracht, als wir gerade beim Frühstück saßen. Hortense sagte, wir sollten Jimmy nichts fragen, deshalb sagten alle nur »Hallo«, als er reinkam – so als wäre er gar nicht weg gewesen. Außer Hortense. Sie legte den Arm um ihn. Normalerweise isst Jimmy gern, aber diesmal aß er nichts. Er nahm noch nicht mal Messer und Gabel zur Hand. Er hat jetzt eine Mauer vor sich, genau wie Pip.

Ich glaube, er bleibt nicht mehr lange hier. Ich glaube, er

tut nur noch so, als wäre er hier, und eigentlich ist er schon längst weg.

Schulanfang

Heute hat die Schule wieder angefangen. Es war komisch, *1990* in mein Heft zu schreiben. Miss Campbell sagte, wir sollten uns überlegen, welche neuen Erfindungen in den Neunzigern wohl gemacht würden.

Ein Mädchen sagte, alle würden über den Computer miteinander reden können. Das hätte ihr Vater ihr erzählt. Die Leute müssten dann nicht mehr im Büro arbeiten. Sie könnten einfach zu Hause bleiben und dort arbeiten. Sie könnten sogar den Schlafanzug anbehalten und keiner würde es merken. Um einkaufen zu gehen, müssten sie sich allerdings weiterhin anziehen.

Ein Junge sagte, es würde motorisierte Rucksäcke geben, und wenn man an einer Schnur zöge, könnte man damit fliegen. Kaleigh meinte, vielleicht könnten alle ihr Aussehen verändern, indem sie einfach bloß eine Tablette schluckten. Und ich sagte, wir könnten vielleicht auf dem Mond leben, weil es hier unten zu voll wird.

Pip sagt normalerweise nichts, aber sie meinte, vielleicht

würde es spezielle Helme geben und wenn wir sie aufsetzten und die Augen schlössen, könnten wir reisen, wohin wir wollten, sogar zurück in die Vergangenheit. Das war die beste Idee von allen.

Noch mehr Hundefotos

Martha hat uns ein paar Fotos geschickt. Sie sind heute angekommen. Es gibt eins von mir mit Flitzi im Garten, eins von Zac, der einen Stock für Flitzi wirft, und eins von uns an Neujahr auf dem Sofa. Zac und ich sitzen jeweils auf einer Seite und Flitzi sitzt in der Mitte. Martha ist nicht mit drauf, weil sie das Foto gemacht hat.

Hortense schlug vor, dass wir das eine, auf dem wir zusammen drauf sind, in unser Erinnerungsalbum kleben, und das taten wir. Wir klebten es ganz vorsichtig ein und ich schrieb *Flitzi, Neujahr 1990* darunter. Ich versuchte so ordentlich zu schreiben wie Glenda, aber es gelang mir nicht.

Dann sagte Zac: »Kann ich mir das andere Hundefoto anschauen?«, also schauten wir uns das Foto von uns als Kleinkinder an. Und danach schauten wir uns die anderen Seiten an und die Erinnerungen schienen alle so lange her und so weit weg zu sein. Ich wurde ganz traurig.

Hortense sagte: »Das war damals und dies ist heute, und heute ist es doch okay, oder?« Und sie lächelte und Zac und ich nickten. Weil sie recht hat.

Schnee

Es hat die ganze Nacht geschneit und jetzt fühlt es sich an, als hätte die Welt aufgehört sich zu drehen, als würde sich nichts mehr bewegen. Alles ist weiß und weich und der Garten sieht schön aus und alle Autos stecken fest. Wenn man irgendwohin will, muss man zu Fuß gehen.

Hortense und Silas gingen mit uns zum Schlittenfahren in den Park. Alle kamen mit außer Mrs Clanks. Sogar Jimmy. Esther wollte ihre gelben Schuhe tragen, aber sie musste Gummistiefel anziehen, denn sonst hätte sie nicht mitkommen dürfen. Es gibt einen ganzen Schrank voller Gummistiefel und man müsste schon Riesenfüße haben wie Silas oder Winzfüße wie ein Baby, damit man dort keine findet. Allerdings gab es keine gelben. Esther musste grüne nehmen.

Pip kam auch mit. Ihr war es egal, was sie trug, solange sie ihren Pullover hatte. Ihren Weihnachtspullover zog sie darunter und Zac gab ihr seine Ohrenwärmer und Hortense zog ihr noch einen Mantel darüber, wickelte sie in einen Schal und setzte ihr eine Mütze auf. Man konnte sie kaum erkennen. Sie sah aus wie ein Kleiderbündel. Auf dem Weg in den Park hakte ich sie unter und sie ließ es zu. Es war eiskalt und unser Atem sah aus wie Rauch und es war so schön.

Wir gingen schon früh in den Park, weil die Leute auf ihren Schlitten dort immer durchdrehen. Man könnte sogar sterben dabei, weil sie so schnell fahren. Die Leute bauen sich aus allem Möglichen Schlitten. Sie nehmen Metallstücke, große Holztüren und Kanus. Letztes Jahr fuhr ein Mädchen auf einem Bürostuhl mit Rädern den Berg hinunter. Sie drehte sich und kreischte, aber sie fiel erst runter, als sie unten angekommen war. Dann stieg sie den Berg wieder hoch, ließ jedoch den Stuhl stehen und die Leute machten die verrücktesten Sachen damit, und als der Schnee schmolz, stand er immer noch wochenlang da. Aber ich glaube nicht, dass man ihn noch als Bürostuhl verwenden konnte. Er fiel schon auseinander.

Aber da wir so früh hingingen, war nur ein Mann mit einem kleinen Mädchen auf einem Schlitten dort, einige Leute mit Tabletts, ein paar Jugendliche mit Skateboards und wir.

Wir hatten nur vier Schlitten, also mussten wir uns abwechseln. Ich fuhr mit Pip. Ich saß hinter ihr und sie lehnte sich zurück, blickte hinauf in den Himmel und hatte ein breites Lächeln im Gesicht. Und in diesem Moment dachte sie, glaube ich, überhaupt nicht an ihre Schwester. Ich glaube, ihr

Kopf war einfach ganz und gar vom Himmel angefüllt. Als wir wieder den Berg hinaufgingen, nahm ich ihre Hand. Ich musste sie ziehen, aber das machte mir nichts aus. Immer wenn ich sie ansah, lächelte sie.

Sophia und Miles fuhren zusammen. Sophia lenkte und sie fuhren ganz schnell und kreischten den ganzen Weg nach unten.

Als Esther mit Hortense fuhr, dachte ich, Esther würde durch die Luft segeln, weil sie beinahe flogen, aber Hortense hielt sie die ganze Zeit fest. Dann verloren sie die Schnur zum Lenken und waren kurz davor, gegen einen Baum zu prallen, also zog Hortense Esther vom Schlitten und sie kullerten durch den Schnee. Sie waren vollkommen schneebedeckt und man konnte gar nicht mehr erkennen, dass Esthers Jacke gelb war.

Als Milap und Harit runterfuhren, stemmte Milap die ganze Zeit über die Fersen in den Schnee, so dass sie nicht zu schnell wurden. Er wollte nicht das Risiko eingehen, seinen Bruder zu verlieren, weil er ja bereits seine Eltern verloren hatte. Es sah überhaupt nicht lustig aus.

Dann fuhr Harit mit Zac und keiner von ihnen setzte die Füße auf den Boden. Sie fuhren einfach nur so schnell sie konnten und alle mussten aus dem Weg springen. Als sie anhielten, mussten sie so lachen, dass sie gar nicht aufstehen konnten.

Jimmy fand ein Tablett, das jemand liegen gelassen hatte. Er wollte es mit niemandem teilen. Erst fuhr er vorwärts runter, dann rückwärts, ohne zu sehen, was vor ihm passierte. Und dann fuhr er im Stehen. Alle mussten aufpassen, dass er nicht mit ihnen zusammenstieß, denn ihm war das ganz egal. Er grinste breit, wirkte aber nicht gerade glücklich. Er wirkte irgendwie wütend.

Schließlich wurde es Esther kalt und sie wollte nach Hause und Zac sagte, er spüre seine Finger nicht mehr, deshalb wollte er auch gehen. Harit sauste immer wieder hoch und runter, hoch und runter, mit jedem, der wollte, aber er macht nie Theater, also kam er auch mit.

Jimmy fuhr ein letztes Mal im Stehen, doch diesmal stieß er mit dem Mann und dem kleinen Mädchen zusammen. Es passierte nichts, aber das kleine Mädchen bekam Angst und fing an zu weinen. Jimmy beschimpfte den Mann, obwohl es nicht die Schuld des Mannes gewesen war, sondern seine eigene. Silas musste runterrennen und sich erkundigen, ob es ihnen gut ging, und sich entschuldigen, und Hortense sagte, wir müssten JETZT SOFORT gehen.

Auf dem Nachhauseweg verlor Pip einen Stiefel und ihr Socken wurde nass, daher nahm Silas sie auf die Schulter, so dass sie hoch oben in der Luft war. Beim Gehen knirschte der Schnee unter unseren Füßen und Silas tat immer wieder so, als würde er ausrutschen. Esther tanzte herum und Pip lachte. Es war so schön.

Zurück in Skilly, sah ich Glenda im Garten spielen. Sie nahm Schnee in beide Hände und warf ihn hoch in die Luft. Und als sie mich sah, winkte sie.

Verkleiden

Heute war Pips Sozialarbeiterin da. Sie heißt Sharon. Sie hat die Haare mit einem Schal zusammengebunden und trägt immer eine Wolljacke und braune Schuhe oder Gummistiefel. Während sie auf Pip wartete, stand sie ganz ruhig da und hatte ein Lächeln im Gesicht, als stünde sie auf dem Gipfel eines Berges und genösse die schöne Aussicht.

Sie nahm Pip mit zu einer Familie, und als sie zurückkamen, war Pip ganz durcheinander. Einerseits lächelte sie, andererseits wirkte sie traurig. Sie erzählte nichts über die Familie, aber sie erzählte mir, was sie früher immer mit Alice gespielt hatte. Besonders gern hatten sie Verkleiden gespielt und ich fragte: »Hast du Lust, dich jetzt zu verkleiden?«, und sie sagte: »Ja.« Also suchten wir alle komischen Kleider, die wir finden konnten, zusammen sowie ein paar Sachen von Hortense wie Alufolie und Stöcke und Schwerter, verkleideten uns als

Soldaten und schlugen eine große Schlacht. Kreischend und schreiend rannten wir herum.

Alle machten mit außer Jimmy – sogar Sophia und Miles, dabei sind sie schon viel älter. Esther zog sich ein Feenkostüm an und tat so, als wäre sie eine Prinzessin. Schließlich musste ich sie retten, weil Zac es nicht tun wollte. Aber es hat trotzdem richtig viel Spaß gemacht.

Der schlimmste Monat aller Zeiten

FEBRUAR 1990

Februar ist der schlimmste Monat von allen. Weihnachten fühlt sich schon ewig her an und bis Ostern ist es noch endlos lange hin. Jimmy hat die ganze Zeit schlechte Laune und Hortense ist erkältet und Zac war in der Schule in eine Schlägerei verwickelt, weshalb er zwei Wochen lang in der Pause nicht rausdarf. Er muss im Klassenzimmer bleiben.

Zac und ich fahren über Ostern zu Martha. Martha hat einen Brief an Mrs Clanks geschrieben, das heißt, es ist jetzt offiziell. Wir fahren die ganzen Ferien hin. Ich habe einen Kalender gezeichnet, auf dem wir Tag für Tag abhaken.

Zac hat ein kleines Notizbuch und denkt sich Tricks für Flitzi aus. Er will im Garten einen Parcours für sie bauen und ihr beibringen, über Hindernisse zu springen und durch Tunnel zu kriechen. Ich werde ein Bild von ihr im Schlaf malen, wenn sie nicht gerade auf meinem Schoß liegt.

Jimmy kommt nicht wieder

Jimmy kommt nicht wieder. Er wurde vier Tage vermisst und jetzt kehrt er gar nicht wieder zurück nach Skilly. Silas hat jeden Tag nach ihm gesucht und dann kam gestern Abend die Polizei und heute Morgen sagte Mrs Clanks: »Jimmy kommt nicht wieder.«

Zac fragte: »Ist er tot?«, und Mrs Clanks sagte: »Nein. Ich kann nicht mehr sagen, als dass er woandershin ziehen wird.« Es klang gar nicht gut. Ich glaube nicht, dass jemand Nettes ihn adoptieren will. Ich glaube, er steckt in Schwierigkeiten.

Ich fragte Silas, was los wäre, aber er sagte bloß, mit Jimmy sei alles okay. Dabei lächelte er nicht wie sonst, also ist mit Jimmy gar nichts so richtig okay.

Hortense und Silas mussten Jimmys Zimmer ausräumen und seine Sachen in Kartons packen. Normalerweise lachen sie, wenn sie etwas zusammen machen, aber diesmal lachten sie überhaupt nicht. Beim Essen sah Hortense aus, als hätte sie geweint. Sie sagte, sie habe Zwiebeln geschält, aber es gab gar keine Zwiebeln. Es gab Backkartoffeln mit Bohnen.

Wir sind traurig, weil wir wissen, dass mit Jimmy nicht alles okay ist, aber niemand spricht es laut aus. Schließlich wäre er nicht weggelaufen, wenn alles okay wäre. Er hätte sich zumindest verabschiedet.

Wenn ich jetzt ein Schild hätte, würde darauf stehen: WAS IST MIT JIMMY LOS?, und: JIMMY, KOMM ZURÜCK. Auf der einen Seite stünde die eine Botschaft und auf der anderen die andere, und dann würde ich damit auf der Straße herumlaufen und vielleicht würde mir jemand helfen oder vielleicht würde Jimmy das Schild sogar selbst sehen.

Aber das kann ich nicht machen, weil ich bloß ein Kind bin. Ich kann gar nichts machen. Ich bin so traurig, weil Jimmy zu den Menschen gehört, die ich am liebsten mag, und weil er der alte Hase war. Und jetzt, wo er weg ist, müssen Zac und ich die alten Hasen sein.

Ich glaube, Zac hatte recht. Jimmy wurde entführt, allerdings von Außerirdischen, die ihn in jemand anderen verwandelt haben. Zac sagt, er will kein Jugendlicher sein, weil das sogar noch schlimmer ist, als Kind zu sein. Ich habe bisher nie darüber nachgedacht, aber jetzt frage ich mich, was passiert, wenn wir älter werden und immer noch keine Familie haben. Was dann?

Die Demonstration gegen die Kopfsteuer

MÄRZ 1990

Silas geht mit seinem Schild zu einer großen Demonstration gegen die Kopfsteuer in London. Er sagt, dort werden Tausende von Leuten sein. Vielleicht kommt er sogar im Fernsehen.

Zac und ich sind da gerade bei Martha, aber wir werden die Nachrichten schauen, falls wir ihn entdecken, denn dann können wir ihn Martha zeigen. Ich glaube, sie würde ihn mögen.

Zac will Flitzi das Zählen beibringen. Dafür hat er eine Tabelle gezeichnet. Erst will er ihr zwei Stöcke zeigen und ihr beibringen, zweimal zu bellen, und dann immer so weiter bis zehn. Wenn er genug Stöcke findet, wird er ihr beibringen, bis hundert zu zählen.

Pip ist weg

Pip ist weg! Sharon hat sie heute Nachmittag abgeholt. Sharon lächelte, als ob sie zu einem herrlichen Picknick oder auf einen wunderschönen Berg fahren würden, aber Pip lächelte nicht. Sie sah aus, wie ich mich gefühlt habe, als wir mit der Klasse die Bootsfahrt auf der Themse gemacht haben und mir, obwohl das Boot langsam fuhr, ganz übel und schwindelig wurde und ich immer wieder den Kopf zwischen die Knie nehmen musste. Meine Lehrerin sagte, das läge an den unterschiedlichen Bewegungen. Und genauso sah auch Pip aus. Sie sah aus, als wäre sie seekrank und könnte den Kopf nicht oben behalten und als wünschte sie, die ganze Welt würde anhalten.

Zum Abschied umarmte ich sie ganz fest, damit die Umarmung für immer reichte. Alle umarmten sie oder winkten, aber niemand sagte so etwas wie: »Bis bald«, oder: »Bis Weihnachten«, weil wir sie wahrscheinlich nie wiedersehen werden, und wenn doch, dann nur, weil das Ganze schiefgegangen ist und sie zurückkommen muss. Wir winkten einfach bloß. Auf dem Weg zum Auto rollte sie die Finger ein und ich wusste, sie hielt Alices Hand, weil sie ohne sie nirgendwohin gehen würde.

Ich hoffe, Pip wird es gut gehen. Sie versuchte sich das Weinen zu verkneifen, weil sie nicht wusste, was jetzt passieren wird, und sie schaffte es auch, weil sie schon sehr lange versucht, sich das Weinen zu verkneifen. Ich versuchte auch, mir das Weinen zu verkneifen.

Als ich in unser Zimmer zurückkam, lag dort ein Zettel, der unter der Tür durchgeschoben worden war. Darauf stand:

Liebe Ira,

danke, dass du meine Freundin bist. Das Schlittenfahren war toll, oder? Und das Verkleiden auch.

Gruß und Kuss, Pip

Die Kinder, die ich am liebsten mag, gehen alle weg aus Skilly – erst Ashani, dann Jimmy und jetzt Pip. Noch nicht mal Glenda habe ich seit dem Schnee wiedergesehen. Alles ist so schrecklich.

Mama

Heute ist etwas passiert. Ich muss die ganze Zeit daran denken. Es steckt in meinem Kopf fest und dreht dort andauernd Kreise.

Zac sah gerade die Nachrichten und ich zeichnete, als er plötzlich rief: »Guck mal, Ira, guck! Die sieht genauso aus wie du!«

Er zeigte auf eine Frau im Fernsehen, die ein KEINE KOPFSTEUER-Schild trug. Sie stand mit anderen Demonstranten zusammen und sah wirklich genauso aus wie Zac und ich. Ihre Augen und ihre Nase hatten die gleiche Form wie meine und sie war wütend und hatte genau den gleichen Gesichtsausdruck wie Zac, wenn er wütend ist. Sie sagte dauernd so Sachen wie: »Das ist ungerecht«, und die Demonstranten nickten. Dann fuhr sie sich mit den Fingern durchs Haar und eine Locke wippte direkt vor ihrem Gesicht.

»Das ist Mama«, sagte Zac.

Ich schüttelte den Kopf. »Sie ist zu jung.«

Die Frau sagte: »Wir hoffen, dass sich so viele Leute wie möglich unserer Demonstration am Trafalgar Square anschließen werden. Wir müssen uns Gehör verschaffen.«

Dann sagte der Reporter: »Dies ist Bill Jenkins bei den Gegnern der Kopfsteuer«, und die Kamera fuhr zurück, wobei ein Hund neben den Füßen der Frau sichtbar wurde. Ein schwarzer Hund!

Zac rief: »Ira, Ira, hast du den Hund gesehen?«

»Ja.«

»Das war Mama.«

»Nein, war es nicht.«

»Doch!«

Er ließ mir keine Ruhe, deshalb ging ich einfach, aber im Flur holte er mich ein.

»Das war Mama. Das war der Hund von dem Foto.«

»Nein, das war er nicht. Der Hund ist tot.«

»Ist er nicht! Woher weißt du das?«

»Ich weiß es nicht«, sagte ich. »Aber die Frau ist zu jung.«

»Was glaubst du, wie alt sie ist? Wie alt?«

»Ich weiß es nicht.«

»Los«, sagte er. »Sag schon! Wie alt?«

»Sechsundzwanzig?«

»Okay, du bist elf, das heißt, sie hat dich mit fünfzehn bekommen. Viele Leute bekommen mit fünfzehn Babys.«

Ich weiß, dass er recht hat. Die Mütter von einigen Kindern aus Skilly waren fünfzehn, als sie sie bekommen haben, manchmal sogar erst vierzehn. Und die Frau hatte einen schwarzen Hund. Ich wusste nicht, was ich sagen sollte, also schrie ich: »Sei kein Dummkopf!«

Zac bekam ein richtig wütendes Gesicht. Und jetzt lässt er nicht locker. Ich muss auch dauernd daran denken. Die Frau sah aus wie wir und sie wirkte so nett. Und sie hat einen schwarzen Hund. Vielleicht ist es nicht derselbe Hund, aber sie mag schwarze Hunde. Sie will, dass alle am Samstag zum

Trafalgar Square kommen, nur sind wir da bei Martha. Zac sagt, wir können nicht zu Martha, wir müssen unsere Mutter finden. Er würde das sogar lieber tun, als Flitzi zu besuchen, weil er sagt, Flitzi können wir auch ein andermal besuchen.

Zac fragte Silas, ob er mit zur Demonstration gegen die Kopfsteuer kommen dürfe, doch Silas musste noch nicht mal darüber nachdenken. Er sagte nur: »Nee.«

Zac ist ganz aufgebracht. Er sagt, es könnte die einzige Chance sein, unsere Mutter zu finden. Ich weiß nicht, was ich denken soll. Es wäre mir am liebsten, er hätte den Bericht im Fernsehen gar nicht gesehen.

Bevor ich heute Abend ins Bett ging, hielt ich im Garten nach Glenda Ausschau. Ich blieb ewig am Fenster stehen, aber sie war nicht da. Doch gerade, als ich aufgeben wollte, sah ich sie über den Baum laufen. Sie hatte die Arme ausgestreckt wie beim Seiltanzen. Ich hoffte, sie würde aufblicken und mich sehen, aber das tat sie nicht.

Wieder bei Martha

Zac versuchte heute auf der Zugfahrt zu Martha nicht zu weinen. Ich auch, denn der Zug brachte uns kilometerweit weg von dort, wo vielleicht unsere Mutter war, aber gleichzeitig brachte er mich an den Ort, an dem ich am liebsten sein wollte. Ich wusste nicht, wie ich über die beiden Dinge gleichzeitig nachdenken sollte. Davon wurde mir übel. Mrs Clanks fragte uns, was los sei, aber wir antworteten nicht. Sie hätte uns für verrückt gehalten.

Martha und Flitzi warteten am Bahnhof auf uns. Flitzi ist gar nicht mehr so klein. Sie ist größer und stärker geworden. Sie sprang an uns hoch, leckte uns ab und bellte, und dann warf sie Zac um, obwohl Martha sie an der Leine hatte. Anschließend konnte Zac nicht länger traurig sein. Er lag einfach da und ließ Flitzi auf sich herumklettern. Er musste die ganze Zeit lächeln.

»Ich glaube, sie erinnert sich an dich«, sagte Martha.

Und jetzt sind wir wieder in Appleton House und ich bin richtig glücklich. Martha hat das Foto von Zac, mir und Flitzi auf dem Kaminsims stehen. Sie hat auch mein Bild an der Wand hängen und es passt da richtig gut hin zwischen all die anderen Bilder. Es erinnert mich an unseren Besuch zu Silvester. Der Garten ist jetzt nicht mehr winterlich und Flitzi braucht keinen Mantel mehr. Aus dem Gras lugen Krokusse hervor. Ich werde sie malen.

Bevor wir ins Bett gingen, sagte ich zu Zac: »Es ist okay hier, nicht wahr?«, und er sagte: »Mhmm«, und bekam feuchte Augen. Er ist immer noch ein bisschen traurig.

Der schlimmste Tag meines Lebens

Heute war der schlimmste Tag meines Lebens. Es ist der letzte Tag im März 1990. Dieses Datum werde ich nie vergessen. Es war sogar noch schlimmer als der Tag, an dem Mama sich nicht mehr um uns kümmern konnte, weil ich damals noch so klein war, dass ich mich nicht mehr daran erinnere.

Nach dem Frühstück gingen wir zum Markt nach Wellsbury. Es war sonnig und wir waren alle ganz fröhlich. Flitzi rannte neben Zac her und sah die ganze Zeit zu ihm auf wie ein Pony im Zirkus. Als wir zum Markt kamen, blieben wir an einem Stand stehen, an dem es Kauspielzeug für Hunde gab. Es gab Mäuse und Bälle und kleine Kaninchen, aber schließlich kauften wir Flitzi einen Gummiknochen. Ich dachte, sie wäre vielleicht enttäuscht, statt eines echten Knochens mit Fleisch daran nur einen Gummiknochen zu bekommen, aber sie mochte ihn. Sie kaute die ganze Zeit darauf herum, ließ ihn auf den Boden fallen und kaute anschließend weiter darauf herum. Er war voller Spucke.

Dann gingen wir zum Viehmarkt. Ein kleines schwarzes Kalb steckte das Maul durch den Zaun seines Pferchs. Es saugte die ganze Zeit an unseren Fingern und wollte gar nicht wieder loslassen. Unsere Finger wurden ganz nass und schleimig.

Das Kalb war auch froh. Es wusste nicht, dass es verkauft und gegessen werden sollte. Flitzi fing an zu kläffen, deshalb musste Martha mit ihr weggehen, so dass nur noch Zac, ich und das Kalb da standen.

Ich sagte zu Zac: »Wenn ich einen Haufen Geld hätte, würde ich es kaufen und für immer am Leben lassen.«

Und Zac fragte: »Muss es denn sterben?«

Ich wünschte, ich hätte nichts gesagt.

Anschließend gingen wir zum Marktplatz. Direkt daneben standen drei Reisebusse und Leute warteten darauf, einzusteigen. Sie hatten KEINE KOPFSTEUER-Schilder dabei wie das von Silas und waren gut gelaunt und lächelten.

»Wo fahren sie hin?«, fragte ich.

»Nach London«, sagte Martha. »Da findet eine Demonstration statt.«

Zac starrte die Busse an.

»Können wir mitfahren?«, fragte er.

Martha lachte. »Nein, Zac. Wenn ihr älter seid, könnt ihr so was machen, aber ich kann nicht mit euch dahin fahren. Außerdem müsst ihr gar keine Kopfsteuer bezahlen. Kommt, gehen wir.«

Sie beachtete die Busse nicht länger und ging einfach weiter zu einem Obststand. Zacs Gesicht sah aus, als würde es jeden Moment dahinschmelzen. Ich konnte ihn nicht ansehen.

An dem Stand gab es lauter Trauben, grüne und blaue. Die Verkäuferin sagte: »Sehr lecker, die Besten dieses Jahr«, und ließ uns probieren.

Zac sagte: »Die schmecken alle furchtbar«, und spuckte seine aus.

Martha sagte nichts, aber ich sah, dass sie verärgert war. Sie lächelte die Frau an und verdrehte die Augen wie Hortense immer. Sie wusste nicht, dass es Zac so schlecht ging. Dann kaufte sie eine Tüte grüne Trauben und eine Tüte blaue.

Anschließend gingen wir herum. Ich dachte dauernd, wir hätten Zac und Flitzi verloren, aber dann hörten wir Flitzi bellen, und als ich in die Hocke ging, sah ich Zac, der nach ihrem vollgeschlabberten Knochen suchte.

Martha blieb an einem Stand stehen, wo es Pinsel, Farbe und Kreiden gab. Martha nahm einen Pinsel, der keine Spitze hatte wie die meisten, sondern dessen Borsten ganz breit waren wie bei einem Fächer.

»Der hier wäre gut für dich, Ira«, sagte sie. »Er würde dir mehr Freiheit geben.«

Damit meinte sie, dass ich mit ihm keine kleinen Details malen konnte; ich müsste aufhören, so vorsichtig zu sein. Sie sagt manchmal, dass Sachen durch einen »glücklichen Unfall« schön werden, was bedeutet, dass man etwas aus Versehen macht und das funktioniert dann.

Sie kaufte den Pinsel und streckte ihn mir hin wie ein Geschenk. Dabei hatte ich gar nicht Geburtstag. Ich war so glücklich.

Anschließend waren Zac und Flitzi weg, und auch als ich mich bückte und zwischen den Beinen der Leute hindurchsah, konnte ich sie nirgends entdecken. Wir riefen nach ihnen, aber Flitzi bellte nicht, deshalb wusste ich, dass sie uns nicht hörte.

Dann sah ich, dass zwei der Reisebusse abgefahren waren, und mich überkam ein furchtbares Gefühl. Ich dachte: »So dumm wäre er nicht, so dumm wäre er nicht«, aber eine andere Stimme in meinem Kopf sagte: »Doch, wäre er.«

Ich ließ Martha stehen und rannte zu dem letzten Bus. Ein alter Mann wartete darauf, einzusteigen. Er trug einen Strohhut, auf dem KEINE KOPFSTEUER stand, und hatte eine Tüte Äpfel in der Hand. Er lächelte mich an.

»Ich fürchte, dein Bruder sitzt in dem anderen Bus«, sagte er.

Ich wirkte offenbar überrascht, denn er fügte hinzu: »Der kleine Junge, der genauso aussieht wie du. War das nicht dein Bruder?«

Mein Herz flatterte wie ein Vogel im Käfig und stieß mit den Flügeln an die Gitterstäbe, was richtig wehtat.

»Hatte er einen Hund dabei?«, fragte ich.

»O ja.« Der Mann war glücklich. »Einen kleinen Hund namens Flitzi. Meinst du den? Er ist mit seiner Oma eingestiegen«, sagte er. »Tut mir wirklich leid, dass du ihn verpasst hast.«

Ich versuchte zu lächeln. Ich wollte ihm den Tag nicht verderben. Dann rannte ich zu Martha zurück.

Die einzige Möglichkeit zu reden, ohne dass ich anfing zu weinen oder mir die Stimme versagte, war, so zu tun, als wäre ich Sozialarbeiterin. Sozialarbeiter sind gut im Überbringen schlechter Nachrichten. Das machen sie andauernd.

Ich setzte eine Maske auf und sagte: »Zac ist in einen der Busse gestiegen, die gerade abgefahren sind. Er ist unterwegs nach London.«

Alle Farbe wich aus Marthas Gesicht. Sogar ihre Wangen, die sonst ganz rosa sind, wurden weiß. Sie holte tief Luft, als zählte sie bis zehn.

Dann fragte sie: »Was soll das heißen?«

Auch ihr Herz hämmerte offenbar wie wild.

»Wir haben eine Frau in den Nachrichten gesehen«, erklärte ich. »Sie wollte zu der Demonstration am Trafalgar Square. Zac hält sie für unsere Mutter. Ich glaube, er will sie suchen.«

Martha schüttelte den Kopf, als summte ihr eine Fliege ums Ohr herum. Aber da war keine Fliege.

Dann sagte sie: »So etwas würde er doch nicht tun, oder?«

Ich nickte. »Der Mann da drüben hat gesehen, wie er eingestiegen ist.«

»Und er hat Flitzi mitgenommen?«

Ich nickte wieder.

Martha schien erneut bis zehn zu zählen.

Dann sagte sie: »Keine Panik.«

Ihre Stimme zitterte, als hätte sie auch einen Vogel in ihrem Innern, aber ihrer war in ihrer Kehle gefangen.

»Ich sollte die Polizei rufen«, sagte sie.

Da war ich keine Sozialarbeiterin mehr. Ich war ein Pflegekind und weinte.

»Bitte nicht! Sonst kriegen wir furchtbaren Ärger. Mrs Clanks wird uns nie wieder herkommen lassen. Können wir ihm nicht einfach hinterherfahren und ihn zurückholen?«

Martha wirkte erschrocken. Dann berührte sie ganz sanft meine Wange.

»Okay«, sagte sie. »Nehmen wir mal das Beste an. Wenn dieser Bus uns mitnimmt, fahren wir selbst. Wahrscheinlich ist Zac nicht sehr viel weiter voraus.«

Es gab noch viele freie Plätze im Bus. Die meisten Leute waren mit den ersten beiden Bussen gefahren. Der alte Mann mit den Äpfeln saß mit einigen anderen alten Leuten hinten. Er winkte mir zu und ich winkte zurück. Ob er dachte, Martha wäre unsere andere Oma? Und wer war wohl die erste Oma gewesen? Wahrscheinlich einfach irgendeine alte Frau. Leute versuchen immer, dem, was sie sehen, einen Sinn zu geben, damit sie sich keine Sorgen machen müssen.

Ich setzte mich ans Fenster und Martha setzte sich neben mich. Ich hielt immer noch den Pinsel in der Hand, aber es war mir unangenehm, weil wir nicht mehr fröhlich waren und Martha mir nichts geschenkt hätte, wenn sie gewusst hätte, was passieren würde. Also schob ich den Pinsel in meinen Ärmel, damit ich ihn nicht sehen musste. Dann lehnte ich mich an Marthas Schulter. Sie lächelte, aber sie sah besorgt aus.

Plötzlich fühlte ich mich uralt, als würde mein Leben nie einfach sein und als wäre ich es jetzt schon leid. Ich wusste nicht mal, was ich mir wünschen sollte. Ein Teil von mir wünschte, wir würden Zac schnell finden, bevor etwas Schreckliches passierte, und ein anderer Teil von mir dachte, wir dürften ihn nicht aufhalten, bevor er nicht unsere Mutter gefunden hatte. Und dann war ich mir gar nicht sicher, ob ich überhaupt wollte, dass er unsere Mutter fand, weil sie uns nicht holen gekommen war und daher vielleicht gar nicht gefunden werden wollte.

Ich wollte Glenda erzählen, was passiert war, aber ich konnte nicht, weil ich unbedingt weiter an Zac denken musste, um ihn nicht zu verlieren, und dort war nicht genug Platz für zwei Leute, die nicht wirklich da waren.

Die Fahrt dauerte Stunden. Wir aßen alle Trauben außer den zerquetschten ganz unten in den Tüten. Ich bekam richtig pelzige Zähne davon. Der Bus konnte nicht ganz bis nach London reinfahren, weil so viel Verkehr war, deshalb hielt der Fahrer früher an.

»Wo sind die anderen Busse?«, fragte Martha, als wir ausstiegen.

»Weiß nicht genau, Schätzchen«, sagte der Fahrer. »Großes Tohuwabohu heute.«

»Tohuwabohu« bedeutet »Chaos«. Und »Schätzchen« bedeutet »Süße« oder »Liebling«. Wenn Zac hier gewesen wäre, hätte er gegrinst, weil der Fahrer Martha »Schätzchen« genannt hatte, aber Zac war nicht da. Er war die ganze Zeit die kleine Stelle neben mir. Wo jemand fehlte.

Wir mussten zwei U-Bahnen und einen Bus nehmen, um in die Nähe des Trafalgar Square zu kommen, und anschließend mussten wir laufen. Eine riesige Menschenmenge strömte Richtung Trafalgar Square und alle sangen und plapperten, als wären sie auf einem Volksfest oder als gingen sie zu einem Picknick. Manche hielten Schilder wie das von Silas hoch und andere hatten Transparente, die von mehreren Leuten getragen wurden. Es gab sogar ein Baby in einem Kinderwagen, auf dem hinten KEINE KOPFSTEUER stand.

Erst war es nett, aber dann wurde es unheimlich, weil es

so viele Leute waren. Martha nahm mich an die Hand und darüber war ich froh, weil alle anderen größer waren als ich. In einer solchen Menge konnte man ertrinken. Man konnte ersticken und tot umfallen und keiner würde es bemerken. Oder man konnte stolpern und würde totgetrampelt und die Tauben würden einen finden, wenn alle weg wären, und in deinen Taschen nach Futter suchen. Hoffentlich hatte jemand das Baby aus dem Kinderwagen genommen und fest an sich gedrückt.

Am Trafalgar Square waren so viele Menschen, dass ich nichts wiedererkannte. Es war, wie wenn man im Sommer Saft verschüttet und Wespen überall herumkrabbeln, bis man den Saft gar nicht mehr sieht. Ich konnte noch nicht mal die Löwenstatuen sehen.

Martha beugte sich zu mir runter und schrie mir ins Ohr: »Hier finden wir ihn nicht! Wir brauchen Hilfe.«

Der Vogel in meiner Brust flatterte so heftig, dass es wehtat. Ich sagte kein Wort, aber in Gedanken rief ich die ganze Zeit: »Zac, wo bist du? Zac, wo bist du? Zac! Zac!«

Und dann hörte ich seine Stimme in meinem Kopf. Er rief immer wieder meinen Namen.

»Ira! Ira! Ira!«

Ich blickte auf und sah das Dach der Nationalgalerie, wo wir uns mit Anita die Bilder angesehen hatten und wo Zac den Alarm ausgelöst hatte, und plötzlich wusste ich, wo wir hinmussten.

Ich zog Martha an der Hand und rief: »Da lang!«, und wir drängten uns durch die Menge. Ich sagte noch nicht mal »Tut mir leid« oder »Entschuldigung«. Ich drängte einfach immer weiter. Und die ganze Zeit über rief Zac meinen Namen.

Ich zog Martha hinter mir her, bis wir in eine Gasse hinter der Nationalgalerie kamen, wo nicht so viele Leute waren. Zwei Frauen saßen auf dem Bürgersteig und aßen Sandwiches. Als sie uns sahen, lächelten sie und eine sagte: »Wir sind kilometerweit gelaufen.« Martha lächelte zurück, aber ich nicht. Ich ließ einfach ihre Hand los und rannte die Gasse entlang. Ich sah mich nicht mal nach Martha um, sondern rannte nur immer weiter und hörte die ganze Zeit Zac in meinem Kopf.

Und dann sah ich ihn. Er saß mit Flitzi im Schoß auf einer Stufe.

Ich rief: »Zac!«

Er sah aus wie eine Stoffpuppe.

»Zac!«

Ich rannte zu ihm und kniete mich neben ihn, und er hob den Kopf und sah mich einen Moment lang an. Dann sah er weg. Seine Augen glänzten, als hätte sich ein Schleier aus Tränen darübergelegt. Flitzi rührte sich nicht. Sie zuckte noch nicht einmal. Und aus ihren Ohren kam Blut.

Martha tauchte hinter mir auf und ging ebenfalls in die Hocke. Sie schnaufte. Sie berührte Zacs Wange, wie sie meine auf dem Markt berührt hatte.

»Jetzt ist alles gut«, sagte sie.

Zac blickte nicht auf.

Dann fuhr Martha mit der Hand über Flitzis Gesicht.

»Geht es Flitzi gut?«, flüsterte ich.

Sie schüttelte den Kopf. Sie biss die Zähne zusammen und der Vogel in ihrer Kehle ließ sie erzittern. Ich musste all meine Kraft aufwenden, um nicht zu weinen. Ich musste meine Gefühle ganz weit nach hinten drängen. Immer wieder sagte ich mir: »Wenigstens geht es Zac gut, wenigstens geht es Zac gut.«

Martha wickelte Flitzi in ihre Jacke und hob sie hoch.

Dann sagte sie: »Nimm Zac an die Hand, Ira, und bleibt in meiner Nähe.«

Sie trug Flitzi, als wäre sie ein Baby, auch wenn es jetzt zu spät war, um ihr noch zu helfen. Auch wenn sie tot war. Zac und ich folgten Martha die Gasse entlang, unser ganzes Glück für immer zerstört.

Als wir das Ende der Gasse erreichten, hatte sich alles verändert. Es war, als hätte jemand eine Bombe in die Menge geworfen. Nur, dass die Menge selbst die Bombe war, die in alle Richtungen explodierte. Menschen rannten und schrien und packten ihre Kinder, und Polizisten in gelben Jacken stürmten auf ihren Pferden in die Menge und schwangen Schlagstöcke, und alle waren wütend und aufgebracht.

Die Frauen, die Sandwiches gegessen hatten, waren nicht mehr da. Wahrscheinlich hatten sie ihre Sandwiches fallen lassen und waren weggerannt. Bestimmt finden die Tauben morgen die Sandwichreste. Einige Leute warfen Flaschen und Holzstücke, und wenn man davon nicht getroffen wurde, bekam man womöglich einen Schlag vom Stock eines Polizisten ab. Eine Frau saß am Straßenrand, Blut lief ihr übers Gesicht. Sie war so erschrocken, dass sie nicht mal weinen konnte. Sie sah aus, als wüsste sie nicht, ob das alles ein Traum war oder Wirklichkeit. Ich wusste es selbst nicht.

Ein alter Mann rief allen zu, sie sollten sich beruhigen, aber er war wie ein Blatt im Sturm. Niemand achtete auf ihn. Ein kleines Mädchen auf dem Arm seiner Mutter versuchte seine Haarspange zu erreichen, die auf den Boden gefallen war. Es war ein Marienkäfer mit glitzernden roten Flügeln. Ich hob sie auf und gab sie ihr und sie griff danach und wandte sich schnell ab. Es störte mich nicht. Ich wusste, dass sie Angst hatte.

Aber Martha, Zac und ich gingen einfach immer weiter. Ich hatte überhaupt keine Angst, denn das Schlimmste, was passieren konnte, war bereits passiert. Zac hatte Flitzi getötet. Ich suchte immer wieder Zacs Blick und fragte mich, ob seine

Augen jetzt den Rest seines Lebens über so traurig glänzen würden.

Es dauerte lange, vom Trafalgar Square wegzukommen, doch schließlich gelangten wir an eine Brücke. Leute beugten sich über das Geländer und blickten in die Themse oder saßen auf dem Bürgersteig und starrten die Bordsteinkante an. Sie wirkten verwirrt, so als hätten sie eine lange Reise unternommen und wären am falschen Ort gelandet. Wir konnten immer noch Geschrei hören, aber es war weit entfernt. Ich sah in das glitzernde, glatte Wasser und wäre am liebsten für immer darin verschwunden.

Nachdem wir ewig gelaufen waren, hielt Martha ein schwarzes Taxi an und brachte uns zurück nach Skilly. Und obwohl es einer meiner Träume war, mit einem schwarzen Taxi zu fahren, war es die traurigste Fahrt meines Lebens. Flitzi lag in Marthas Schoß und war mit ihrer Jacke zugedeckt, aber die ganze Fahrt über lugte ihre Pfote hervor.

Wieder in Skilly

Es war furchtbar in Skilly. Silas war bereits ganz aufgebracht wegen der Demonstration, und als wir kamen, wurden alle noch trauriger. Es war, als wären wir von einer riesigen Wolke eingehüllt. Zac rannte direkt hinauf in sein Zimmer und kroch unter die Decke. Er wollte nicht rauskommen. Er wollte auch nichts essen und nichts sagen. Er wollte noch nicht mal seinen Schlafanzug anziehen. Silas brachte Flitzi weg, ich weiß nicht, wohin. Ich versuchte, nicht darüber nachzudenken. Hortense machte in Pips altem Zimmer für Martha ein Bett zurecht. Anschließend aßen Martha und ich mit Hortense und Silas in der Küche.

»So hat das alles nicht laufen sollen«, sagte Silas. »So hat es nicht laufen sollen.«

Er war mitten in den Aufruhr geraten und hatte Glück, dass er nicht getroffen worden war. Er sagte, er sei einer der Ersten gewesen, die den Trafalgar Square erreicht hätten, und alle hätten gesungen. Und dann war mit einem Mal plötzlich nichts mehr gut. Er sagte, es sei wie ein Wirbelsturm gewesen.

»Wenn ich bloß gewusst hätte, dass Zac auch dort war, meine kleine Ira«, sagte er.

Als ich ins Bett ging, umarmte mich Martha. Sie wollte etwas sagen, aber dann überlegte sie es sich anders, weil es nichts zu sagen gab. Wir konnten uns noch nicht mal richtig Gute Nacht wünschen, weil es keine gute Nacht werden würde.

Ich hoffte, Zac würde schon schlafen, wenn ich hochkam, aber das tat er nicht. Als ich die Decke wegzog, sah er aus wie ein fremder Junge. Sein Gesicht war ganz verzerrt, als wäre er von innen verprügelt worden.

»Ich wollte doch bloß Mama finden«, sagte er. »Das war mein guter Vorsatz fürs neue Jahr. Ich wollte sie nur einen Moment lang sehen, weil ich mich nicht mehr an sie erinnern kann. Es tut mir leid.«

Ich wollte ihm sagen, dass es okay wäre und es nichts machte und alles in Ordnung wäre, aber ich konnte nicht, weil es nicht stimmt. Nichts wird je wieder in Ordnung sein. Ich wollte so sein wie Matilda aus dem Buch und Flitzi dazu bringen, dort herauszuspringen, wo immer Silas sie hingebracht hatte, und die Treppe heraufzurennen, aber ich konnte nicht. Ich konnte gar nichts tun.

Als ich meinen Pullover auszog, fiel der Pinsel aus meinem Ärmel. Die Borsten sind nicht mehr fächerförmig angeordnet, sie sind verknickt.

Ob das kleine Kalb wohl schon tot ist?

Der Tag nach dem schlimmsten Tag meines Lebens

APRIL 1990

Martha ist weg. Sie hat sich noch nicht mal verabschiedet. Silas hat sie und Flitzi heute Morgen, als wir noch geschlafen haben, nach Wellsbury zurückgebracht. Wir werden sie nie wiedersehen.

Zacs Augen sind immer noch feucht und er hat diesen schrecklichen Blick, als wäre er kurz vorm Ersticken. Ich glaube, diesmal wird er ihn nie wieder los. Er wird den Rest seines Lebens dahinter gefangen sein. Es ist der erste April, aber niemand macht Aprilscherze.

Hortense hat uns Pfannkuchen mit Honig zum Frühstück gemacht, aber sie haben furchtbar geschmeckt. Honig schmeckt nur gut, wenn man glücklich ist. Ansonsten schmeckt er ganz falsch.

Die anderen Kinder waren nett, aber sie haben nicht viel gesagt. Ich glaube, Hortense hatte ihnen erklärt, sie sollten keine Fragen stellen, wie damals, als Jimmy zurückkam, nachdem er so lange verschwunden war. Esther setzte sich beim Frühstück neben mich und schmiegte sich an mich. Sie wusste, dass wir traurig waren.

Nach dem Frühstück ging Hortense in die Kirche. Sie sagte, die Welt sei so gottlos, dass sie ein Gebet sprechen müsse. Ich hoffe, sie betet für all die Leute auf der Demonstration und für Martha und Flitzi und die Kinder in Skilly und für Silas. Als sie ging, winkte ich ihr von der Tür aus nach und sie zwinkerte mir zu. Sie sah wunderschön aus.

Später rief Mrs Clanks Zac und mich in ihr Büro. Ich dachte, diesmal würde sie uns bestimmt anschreien, aber ich glaube, sie war zu enttäuscht, um wütend zu sein.

»Martha lässt ausrichten, es tue ihr leid, dass sie so eilig abreisen musste«, sagte sie, »aber Silas wollte nicht in den Berufsverkehr geraten.«

»Können wir sie anrufen, um uns zu verabschieden?«, fragte ich. »Und um uns zu entschuldigen?«

»Sie wird euch später anrufen«, sagte Mrs Clanks. »Dann könnt ihr euch entschuldigen.«

Anschließend sagte sie: »Was ihr gestern getan habt, war grundverkehrt und höchst gefährlich. Ihr werdet eure Mutter nicht finden, indem ihr die Straßen absucht. In London leben sieben Millionen Menschen.«

Ihr Gesicht war ganz hart, als sie das sagte.

»Ihr werdet warten müssen, bis ihr erwachsen seid.«

Und sie lächelte ihr Lächeln, das gar kein Lächeln ist. Und genau deshalb hat sie dieses Lächeln. Damit sie schreckliche Dinge sagen kann.

Als Silas zurückkam, sagte er, Martha hätte ihm erzählt, wie ich Zac gefunden hatte.

»Woher wusstest du, wo er war?«, fragte er.

Ich versuchte ihm zu erklären, dass es so etwas wie ein unsichtbares Band zwischen Zac und mir gab und dass ich gewusst hatte, ich müsste ihm einfach folgen.

»Das ist dein sechster Sinn«, sagte er. »Ich habe dir doch gesagt, dass der noch mal nützlich sein kann.«

Normalerweise hätte ich gelächelt, aber das ging nicht, denn ich war durch und durch traurig, wie eine Zuckerstange ganz ohne Zucker.

Dann sagte Silas: »Mach dir keine Sorgen, Ira, lass den Dingen Zeit.«

Das ist, wie wenn man sagt: »Zeit heilt alle Wunden.« Das sagen die Erwachsenen immer, denn wenn sie sich einer Sache sicher sein können, ist es Zeit, weil sie davon schon so viel hatten. Es bedeutet, dass man, wenn die Zeit vergeht, Dinge vergisst und sie nicht mehr so sehr wehtun. Aber ich will nicht vergessen. Es gibt so viele schöne Dinge, an die man sich erinnern kann, und dann sind sie vielleicht weg.

Ich fragte Silas, warum sich die Leute auf der Demonstration geprügelt hätten.

Er sagte: »Gefühle. Zu viele verschiedene und zu stark gefühlte Gefühle. Es hat immer mit Gefühlen zu tun, wenn Dinge außer Kontrolle geraten. Wenn man die Gefühle verbannen würde, gäbe es keinen Streit mehr. Aber auch nichts Gutes.«

Ich will nie wieder etwas fühlen.

Es war schrecklich, auf Marthas Anruf zu warten. Ich wusste nicht, was ich tun sollte. Ich versuchte, Tagebuch zu schreiben, aber davon ging es mir nur noch schlechter. Dann saß ich bei Hortense in der Küche und starrte unentwegt das Telefon im Flur an, während ich auf das Klingeln wartete. Ich wollte Martha sagen, wie leid es mir tat und wie sehr ich mir wünschte, dass nicht alles kaputt wäre.

Aber als sie dann anrief, konnte ich gar nichts sagen. Zac wollte nicht ans Telefon kommen, also war ich ganz allein. Mein Mund war gleichzeitig ganz voll und leer. Ein Schrei wollte heraus, aber ich ließ ihn nicht, denn sonst würde er vielleicht nie wieder aufhören.

Schließlich sagte ich, ganz leise, damit der Schrei nicht aus mir herausbrach: »Es tut mir leid, Martha.«

Und sie sagte: »Ich weiß. Mir auch.«

Dann entwich mir ein komisches Geräusch und es war fast ein Weinen, aber ich konnte es unterdrücken, indem ich so tat, als wäre ich eine Empfangsdame. Denn Empfangsdamen weinen nicht am Telefon. Man könnte nie Empfangsdame werden, wenn man am Telefon weint.

»Wo ist Flitzi?«, fragte ich.

»Silas hat mir geholfen, sie unter der Weide zu beerdigen«, sagte Martha. »Wenn ihr wiederkommt, könnt ihr ein paar Blumen auf ihr Grab legen.«

»Werden wir wiederkommen?«, fragte ich.

In meinem Kopf schrie es, aber nach außen hin klang meine Stimme ganz schwach und zittrig.

»Ja«, sagte Martha.

»Zac auch?«

»Natürlich.«

Und jetzt ist mir nach Hüpfen zu Mute. Nicht nach Hüpfen, als wäre alles wieder gut, aber nach Hüpfen, weil ich lebendig bin und auch morgen lebendig sein will.

Das hat Silas gemeint, als er sagte: »Lass den Dingen Zeit.«

Was Zac passiert ist

Zac hat mir erzählt, was passiert ist. Er sagte, er würde nie wieder darüber reden, daher sollte ich ihm jetzt gut zuhören.

Als Martha und ich uns die Pinsel angesehen hatten, waren er und Flitzi zu den Reisebussen hinübergegangen. Er hatte nicht direkt vorgehabt, in einen einzusteigen, er wollte nur näher rangehen. Der erste Bus fuhr ab, als Flitzi ihren Kauknochen fallen ließ und er danach suchte, aber dann stellte er sich in die Schlange vor den zweiten Bus, einfach nur um zu sehen, was für ein Gefühl es war, sich für die Demonstration anzustellen. Er stand neben einer alten Frau, die Flitzi streichelte und ganz begeistert von ihr war, und als sie in den Bus stieg, stieg Zac auch ein und setzte sich neben sie. Niemand wollte Geld haben oder so.

Die Frau fragte: »Willst du nicht bei deiner Mutter sitzen?«, und Zac sagte: »Nein, sie hat das Baby dabei und Flitzi hat Angst vor dem Baby.«

Die Worte waren einfach da, so als hätte jemand anders sie gesagt.

Da sagte die Frau: »Na dann, umso besser für mich.« Sie holte eine Papiertüte hervor und sagte: »Hier, nimm dir ein Pfefferminzbonbon.« Flitzi steckte die Schnauze in die Tüte und die Frau sagte: »Ein ganz schöner Ausflug für ihn, hm«, und Zac erklärte: »Flitzi ist ein Weibchen.«

Die Frau redete die ganze Fahrt über und teilte ihr Hähnchensandwich mit ihnen. Zac aß das Brot und Flitzi das Hähnchen. Sie sagte: »Du bist aber noch ziemlich klein für so eine Reise nach London«, und Zac entgegnete: »Ich war dort schon mal.«

Als sie in London ankamen, sagte Zac: »Vielen Dank für das Sandwich«, und die Frau sagte: »Es war schön, dich kennenzulernen«, und Zac und Flitzi sprangen aus dem Bus und rannten in die Menge.

Alle gingen zum Trafalgar Square, also folgte Zac der Menge und sah sich überall nach Mama um, aber er konnte sie nirgends entdecken. Die Frauen waren alle zu alt oder zu jung oder sie hatten keine Locken oder die falschen Gesichter.

Die Menge am Trafalgar Square war riesig und laut und die Leute drängelten und Flitzi bekam Angst und fing an zu bellen. Zac versuchte ihr zu sagen, dass alles okay sei, aber da bewegte sich die Menge auf einmal wie eine große Welle und Zac fiel beinahe hin und dann bellte Flitzi nicht mehr. Sie lag auf dem Boden und Leute standen auf ihr drauf. Sie bemerkten Flitzi gar nicht. Zac schrie, aber niemand hörte ihn.

Schließlich hob er Flitzi auf und trug sie weg vom Trafalgar

Square. Sie war ganz schlaff und Blut lief ihr aus den Ohren, aber er ging immer weiter und sagte ihr, es würde alles gut. Als er zu einem Hauseingang kam, setzte er sich und legte sie sich in den Schoß, aber sie rührte sich nicht. Er wünschte sich die ganze Zeit, ich würde kommen, aber er rief nicht meinen Namen. Er machte kein einziges Geräusch. Und als ihm klar wurde, dass Flitzi tot war, wünschte er, er wäre auch tot, und das tut er immer noch.

Silas

Silas muss vielleicht ins Gefängnis, weil er die Kopfsteuer nicht bezahlen will. Er hat überhaupt nicht erst gewartet, bis die Kopfsteuerleute ihn um das Geld bitten. Er schrieb ihnen einfach, dass er nicht bezahlen wird, weil er findet, dass es zu teuer ist und ungerecht. Zac und ich waren in der Küche, als er Hortense davon erzählte.

Ich fragte: »Musst du dann ins Gefängnis?«

»Es ist unwahrscheinlich, dass sie mich ins Gefängnis stecken«, sagte er. »Es gibt viele Leute, die nicht bezahlen. Die Gefängnisse sind nicht groß genug für alle.«

Hortense saß am Küchentisch mit einem Becher Tee in den Händen. Als Silas raus in den Garten ging, sagte sie: »Verdammter Kerl.« Ich war richtig überrascht. Ich hatte sie noch nie fluchen hören.

»Er muss immer noch eins weiter gehen als alle anderen, was?«, sagte sie.

»Das liegt daran, dass er gerne reist«, sagte Zac.

Es war das erste Mal seit der Demonstration, dass Hortense lächelte. Nur Zac lächelte nicht.

Wieder bei Martha

Heute sind wir wieder zu Martha gefahren. Erst weigerte sich Zac, aus dem Zug auszusteigen. Er kniff die Augen zu und rührte sich nicht. Als klebte er auf seinem Platz fest. Mrs Clanks hielt ihr Gesicht ganz nah an seins und sagte: »Ich bin nicht gewillt, irgendwelchen Unsinn von dir zu dulden, Zac, also steh auf.«

Martha wartete auf dem Bahnsteig. Als sie uns sah, rannte sie mit ausgebreiteten Armen auf uns zu. Sie trug ein blaues Kleid und ihr Kopf wippte und sie lächelte irgendwie, als wüsste sie nicht genau, ob sie sich freuen sollte oder nicht, aber der Meinung war, sie sollte zumindest versuchen, sich zu freuen. Sie sah aus wie eine Marionette, deren Fäden an wippenden Wolken hingen.

Sie schimpfte nicht mit uns. Sie umarmte uns, und als sie sich von Mrs Clanks verabschiedet hatte, sagte sie: »Kommt mit.«

Zac sagte den ganzen Weg von London bis zu Appleton House kein Wort. Er hasst sich selbst.

Abschied von Flitzi

Das Haus ist schrecklich ohne Flitzi. All ihre Hundesachen sind noch da. Ihr Korb steht neben der Küchentür. Es sieht aus, als wäre sie nur kurz rausgegangen. Die Decke ist ganz zerknüllt und man sieht ein Stück von meinem grünen Kleid.

Sie liegt unter einem kleinen Haufen Erde unter der Weide begraben. Zac und ich pflückten ein paar Gänseblümchen und stellten sie in eine Vase neben die Erde, aber der Blick hinauf in den Baum ist so schön, dass sie die Blumen wahrscheinlich gar nicht braucht. Martha sagte, wir würden uns verabschieden.

Anschließend legte sie Zac die Hand auf die Schulter.

»Du solltest dir besser verzeihen«, sagte sie, »denn sonst werde ich mir nie verzeihen, dass ich nicht besser auf dich aufgepasst habe. An dem Tag sind eine Menge Dinge schiefgelaufen. Das konntest du nicht ahnen. Das konnte niemand ahnen.«

Zacs Gesicht war ganz verzerrt. Er sah aus, als wäre er am Ertrinken. Martha kniete sich vor ihn, als würde sie beten.

»Verstehst du mich, Zac?«, fragte sie. »Hier lassen wir das alles jetzt ruhen. Manchmal geschehen Dinge, die niemand vorhersehen kann, und manchmal kommt jemand zu Schaden. Du hast getan, was du konntest, um auf Flitzi aufzupassen, und als sie dich am nötigsten brauchte, hast du sie nicht allein gelassen. Ich habe dir Flitzi anvertraut, weil du sie geliebt hast. Und es war richtig, dir zu vertrauen. Ich würde es wieder tun. Es war die Welt, der ich nicht vertrauen konnte.«

Da fing Zac an zu weinen. Es war, als hätte er hinter seinen Augen eine Flut zurückgehalten, die jetzt hervorbrach. Tränen liefen ihm über die Wangen und tropften auf sein T-Shirt. Es kamen mehr und immer mehr. Er weinte den ganzen Nachmittag über. Er konnte einfach nicht aufhören. Und dann, als keine Tränen mehr übrig waren, rollte er sich auf dem Sofa zusammen und schlief ein.

Jetzt sitzt er am Bach.

Das Versprechen

Heute beim Tee war Martha nervös. Ich dachte, sie würde uns sagen, dass dies unser letzter Besuch hier sei. Sie trank ihren Tee, schenkte sich nach und trank auch die nächste Tasse in einem Zug aus.

Dann sagte sie: »Ich würde euch gern ein Versprechen geben, aber ihr müsst mir auch etwas versprechen.«

»Was für ein Versprechen?«, fragte ich.

Sie holte tief Luft.

»Ich verspreche euch, dass mein Haus auch euer Haus sein wird, solange es mich gibt«, sagte sie, »was hoffentlich noch sehr lange der Fall sein wird. Natürlich nur, wenn ihr wollt.«

»In den Ferien?«, fragte ich.

»Nicht nur in den Ferien – immer.«

»Für immer?«

»Ja.«

»Hier?«

»Ja.«

»Hier in diesem Haus?«

»Ja. Ihr werdet euch allerdings einigen müssen, wer welches Zimmer bekommt.«

Ich konnte kaum atmen. Mein Kopf war so voller Gedanken, dass es schwer war, auch noch ans Atmen zu denken. Ich dachte, es ist mir egal, welches Zimmer ich bekomme, Zac kann sich eins aussuchen. Es ist mir sogar egal, wenn ich auf dem Fußboden oder im Garten schlafen muss.

»Zac kann es sich aussuchen«, sagte ich.

»Na ja, sie gehen beide auf den Garten raus«, erklärte Martha.

»Und wir haben unseren eigenen Schrank?«, fragte Zac.

»Jeder einen«, sagte Martha.

»Mit einem Waschbecken im Zimmer?«, fragte ich.

»Ja.«

Jetzt lächelte Martha.

»Und wir gehen hier zur Schule?«

»Ja.«

»Und kommen zum Tee nach Hause?«

»Ich glaube, das wäre eine gute Idee, meint ihr nicht? Denn ihr werdet bestimmt Hunger haben.«

Zac und ich nickten.

»Aber ihr müsst mir auch etwas versprechen, wenn wir das machen«, sagte sie. »Ihr müsst mir versprechen, dass ihr bleibt, wenn ihr kommt.«

Natürlich bleiben wir, dachte ich. Natürlich.

»Dass ihr nicht nach London abhaut, um Träumen nachzujagen«, fuhr Martha fort. »Zumindest nicht, bis ihr erwachsen seid. Ich bin zu alt, um euch hinterherzurennen.«

»Werden wir Silas noch sehen?«, fragte ich.

»Natürlich«, sagte Martha. »Den sollt ihr nicht verlieren. Er kommt euch besuchen oder wir besuchen ihn.«

»Und Hortense?«

»Und Hortense«, sagte sie.

Ich sah Zac an. Er starrte Martha an. Sein Mund zitterte.

»Kannst du mir das versprechen, Zac?«, fragte Martha. »Das ist ein ernstes Versprechen.«

Er rührte sich nicht. Ich drückte beide Daumen und wünschte von ganzem Herzen, er würde es versprechen. Einen Augenblick fürchtete ich, er würde es nicht tun, und dachte, dass er Skilly vielleicht zu gern mochte, aber dann nickte er.

»Ja«, sagte er.

Er ging um den Tisch und legte Martha den Kopf an die Schulter. Sie lächelte.

»Ira?«, fragte sie.

»Ich auch«, sagte ich und schluckte. »Wir versprechen es beide.«

»Gut«, sagte Martha. »Dann ist das abgemacht.«

Es ist der unerfüllbarste all meiner Träume. Ich kann nicht glauben, dass ich darüber schreibe, als wäre es wahr. Aber es ist wahr! Ich muss mir immer wieder sagen, dass Zac und ich jetzt eine Familie haben! Martha wird unsere Familie sein. Wir sind nicht länger Kinder aus Skilly. Wir werden in einem richtigen Zuhause wohnen. Zac und ich müssen die ganze Zeit grinsen, genau wie Martha.

Zac schläft jetzt und ich habe aus unserem Fenster zu den Sternen, dem Garten und der Weide hinausgesehen. Ich muss immer wieder an den Tag am Trafalgar Square denken und frage mich, wie diese beiden Momente in derselben Welt stattfinden konnten. Ich glaube, das werde ich nie verstehen.

DINGE, DIE ICH NICHT AN SKILLY VERMISSEN WERDE:

* *Regeln*
* *Gekritzel*
* *Neue Kinder*
* *Wolldecken voller Knötchen*

DINGE, DIE ICH AN SKILLY VERMISSEN WERDE:

* *Silas*
* *Hortense*
* *Die Kinder aus Skilly*
* *Den Baum*
* *Den Küchentisch*
* *Glenda*
* *Sogar Mrs Clanks*

In Gedanken erzählte ich Glenda, was passiert war. Ich erzählte ihr nicht von Flitzi, weil ich nicht mehr daran denken will. Ich nehme an, sie weiß es sowieso. Ich frage mich, ob sie mit uns nach Appleton House kommen wird. Vielleicht will sie nicht aus Skilly weg.

Unsere letzte Woche in Skilly

JUNI 1990

Wir sind noch eine Woche in Skilly, dann ziehen wir zu Martha. Es ist so ein komisches Gefühl. Wir müssen packen und unsere Poster abhängen und Sachen in der Schule aufräumen und uns verabschieden. Hortense nimmt mich dauernd in den Arm. Sie weiß, dass nicht mehr viel Zeit bleibt, deshalb muss sie mich so oft umarmen wie möglich.

Silas hat gesagt: »Sorg einfach dafür, dass du glücklich wirst, Ira.«

Die anderen Kinder sehen enttäuscht aus. Denn wenn Zac und ich weg sind, werden nur noch Sophia, Miles, Milap, Harit und Esther in Skilly sein und das bedeutet, dass viele neue Kinder kommen werden. Und keiner mag es, wenn neue Kinder kommen. Ich habe lauter ganz gemischte fröhlich-traurige Gefühle.

Seit wir von Martha zurückgekommen sind, habe ich Glenda nicht mehr gesehen. Ich hoffe, sie ist nicht sauer auf mich, dass ich weggehe. Ich fürchte, sie könnte denken, dass ich nicht mehr ihre Freundin sein will, aber ich weiß gar nicht, ob sie überhaupt hier ist. Ich habe sie nirgendwo gesehen.

Mrs Clanks

Heute Morgen mussten wir zu Mrs Clanks ins Büro. Ich war nicht nervös, weil sie nicht mehr mit uns schimpfen kann. Aber sie war auf jeden Fall nett. Sie hatte eine silberne Schleife im Haar wie zu einer besonderen Gelegenheit. Als wir hereinkamen, lächelte sie und ihr Lächeln wirkte beinahe echt.

»Es tut uns sehr leid, euch gehen zu sehen«, sagte sie, »aber es ist eine fantastische Gelegenheit für euch. Wir werden in Kontakt bleiben, und wenn ihr je zurückkommen wollt, seid ihr immer willkommen. Falls ihr nicht glücklich sein solltet, meine ich.«

Zac schüttelte den Kopf. Er weiß, dass er glücklich sein wird.

»Ich rechne nicht damit, dass ihr zurückkommen wollt«, sagte Mrs Clanks, »aber ihr könnt uns jederzeit besuchen. Wir würden gerne erfahren, wie es euch ergeht, und natürlich würden Silas und Hortense gern von euch hören.«

Auf ihrem Schreibtisch lag unser Erinnerungsalbum.

»Das dürfen wir nicht vergessen«, sagte sie. »Zweifellos werdet ihr bald ganz viele neue Sachen einkleben können.«

Sie steckte es in einen großen braunen Umschlag, dann unterschrieb sie einen Brief.

»Nur ein paar Einzelheiten für Martha«, sagte sie.

Ich sah, wie sie den Brief unterschrieb, und als ich gerade dachte, was für eine ordentliche und geneigte Handschrift sie hatte, sah ich, dass sie »Glenda Clanks« geschrieben hatte! Meine Brust wurde ganz komisch eng, als bekäme ich nicht richtig Luft. Ich musste an das Mädchen auf dem Foto denken, dem die Schleife aus dem Haar rutschte, und ich sah Mrs Clanks' Schleife an und da kam mir ein Gedanke, der unmöglich schien.

»So«, sagte sie. »Fertig.«

Ich hörte nichts von dem, was sie anschließend noch sagte, sondern wartete nur darauf, das Büro verlassen zu können. Ich bedankte mich noch nicht einmal, als sie fertig war. Ich rannte einfach hinaus. Zac auch. Er wollte mit Harit spielen.

Ich lief direkt hoch in unser Zimmer, holte die Briefe unter dem Dielenbrett hervor und öffnete den von Glenda. Dann starrte ich ihn an. Die Handschrift war ganz ordentlich und leicht ansteigend wie die von Mrs Clanks, nur war ihre Schrift erwachsener.

Mit dem Brief in der Hand ging ich im Zimmer auf und

ab wie ein Detektiv, der herauszufinden versucht, wer das Verbrechen begangen hat, weil ich schließlich auch etwas herauszufinden versuchte. Ich versuchte herauszufinden, ob aus Glenda Mrs Clanks geworden war. Aber obwohl ich hundertmal im Zimmer auf und ab ging, kam ich zu keinem Ergebnis.

Ich überlegte, die Briefe einfach zurückzulegen und das alles für mich zu behalten, doch dann musste ich daran denken, wie Silas gesagt hatte: »Ergreif den Moment«, also nahm ich die Briefe und rannte nach unten. Und da rannte Glenda plötzlich neben mir. Es war, als hielte sie mich am Laufen, falls ich es mir anders überlegen sollte. Als ich an Mrs Clanks' Tür kam, schob sie mich geradezu hinein. Ich klopfte nicht mal an. Ich stürzte einfach ins Zimmer.

Ich glaube, Mrs Clanks hätte geschimpft, wenn ich nicht wegziehen würde.

Stattdessen sagte sie: »Ira, komm rein.«

Ich zitterte.

»Ich habe mich nur gefragt …«

»Ja?«

»… ob Sie als Kind in Skilly gelebt haben.«

Mrs Clanks nickte. »Ja, das habe ich.«

Ich holte tief Luft.

»Waren Sie Glenda Hyacinth?«, fragte ich.

Sie nickte wieder.

Ich sah sie ewig an. Ich bekam es nicht zusammen. Sie ist so anders, als ich mir Glenda vorstelle.

»Setz dich, Ira«, sagte sie.

Aber ich wollte mich nicht setzen. Ich stand einfach bloß da, die Briefe in der Hand, und versuchte das alles zu verstehen.

»Sie haben Ihren Namen auf das Fensterbrett in meinem Zimmer geschrieben«, sagte ich schließlich.

»Das war einmal mein Zimmer.«

»Aber Sie sind so furchteinflößend«, sagte ich, »und Glenda ist das überhaupt nicht. Sie ist meine Freundin.«

»Bin ich furchteinflößend?«, fragte Mrs Clanks. »Das ist nicht meine Absicht.«

Ich nickte.

»Weißt du, Ira«, sagte sie, »es ist so schwer, all die Kinder zu lieben, die nach Skilly kommen – all die Kinder, die kommen und gehen. Es war schwer, als ich ein Kind war, und jetzt ist es immer noch schwer. Das weißt du bestimmt. Meine Aufgabe ist es zu versuchen, euer Leben so gut wie möglich zu gestalten und im besten Fall eine Möglichkeit für euch zu finden, hier wegzukommen und an einen fröhlicheren Ort zu ziehen.«

»Haben Sie irgendwann eine Familie gefunden?«, fragte ich.

»Ja, letzten Endes schon. Ich habe acht Jahre hier verbracht und dann lernte ich Mrs Clanks kennen – die Mutter meines Mannes. Ich arbeitete in ihrem Laden. Sie nahm mich bei sich auf und so lernte ich Albert kennen. Damals war er noch ein Junge … und, na ja, ich habe Glück gehabt.«

Und dann lächelte sie und sah überhaupt nicht mehr streng aus. Sie sah stark aus.

»Haben Sie Kinder?«, fragte ich.

»Nein, ich wollte mich um Kinder kümmern, die selbst keine Familie haben.«

»So wie wir?«

Sie nickte.

Da sagte ich: »Ich habe Ihren Brief gefunden«, und sie starrte mich bloß an. So überrascht war sie.

»Den hatte ich ganz vergessen«, sagte sie.

»Ich habe zurückgeschrieben. Sie können beide Briefe haben. Ich will sie nicht von hier wegnehmen. Werden Sie sie in Skilly lassen?«

Sie nickte.

Ich gab ihr die Briefe und sie legte sie auf ihren Schreibtisch. Ich war ein wenig verlegen. Mein rosa Umschlag sah furchtbar aus, aber das schien sie nicht zu bemerken. Sie kam um den Schreibtisch herum zu mir, legte mir die Hände auf die Schultern und drückte mir einen Kuss aufs Haar. Sie roch nach Tinte und Papier.

»Jetzt wird das Leben besser für euch«, sagte sie.

Als ich ihr Büro verließ, drehte ich mich noch mal um und sah sie an.

»Warum tragen Sie immer noch eine Schleife im Haar?«, fragte ich.

Sie überlegte einen Augenblick.

»Vielleicht ist es das kleine Mädchen in mir«, sagte sie.

Dann lächelte sie.

Als ich rauskam, stand Glenda nicht mehr im Flur. Ich hatte gedacht, sie würde auf mich warten, aber sie war weg. Ich sah mich überall nach ihr um, aber sie war nicht mehr da. Ich wollte ihr erzählen, was geschehen war. Sie ist die Einzige, die es verstehen würde. Wenn sie gewartet hätte, hätte ich ihr von ihrer Zukunft erzählen können. Aber sie ist weg und ich habe sie für immer verloren. Denn jetzt ist sie Mrs Clanks geworden und Mrs Clanks ist Glenda geworden und ich denke über beide anders als vorher.

Ich weiß noch, dass Mrs Clanks garstig zu mir war, als ich ihr das Foto von Glenda gezeigt habe und als sie meine Geschichte gelesen hat, aber jetzt verstehe ich das. Denn vielleicht macht es sie traurig, an Glenda zu denken. Zac wird immer garstig, wenn er traurig ist.

Abschied von Skilly

Heute haben wir Skilly verlassen. Anita hat uns abgeholt. Ihre Haare hatten die Farbe von Zuckerwatte und sie trug rosa Lippenstift und ein geblümtes Kleid. Vielleicht hatte sie das Kleid aus Vorhängen gemacht wie in *Meine Lieder – meine Träume*, denn die Blumen waren ganz schön groß. Anita sah aus, als könnte sie singen und über einen Berg rennen, weil sie so glücklich war. Weil heute ein guter Tag war und sie nicht nur so tun musste, als ob.

Als alle vor Skilly House standen und uns zum Abschied winkten, musste ich den Blick abwenden. Ich konnte nicht hinsehen. Direkt vor meinen Augen verwandelten sie sich in Gespenster. Ich spürte, wie ein heftiger Schluchzer in mir aufstieg. Meine Brust tat furchtbar weh. Zac wandte ebenfalls den Blick ab. Sein Gesicht bewegte sich so heftig wie Wackelpudding auf einem Teller und sein Mund war ganz schief. Er kann seine Gefühle überhaupt nicht verbergen. In einem Augenblick ist er traurig, dann besorgt, im nächsten glücklich, und dann wieder traurig.

Mrs Clanks gab uns den Umschlag mit unserem Erinnerungsalbum darin und Zac hielt ihn während der ganzen Fahrt auf dem Schoß.

Anita sagte, er könne ihn zur Seite legen, aber er ließ ihn nicht los. Er hielt ihn einfach den ganzen Weg zu Martha fest umklammert.

Heute

Zac und ich verbrachten den Rest unserer Kindheit in Appleton House und auch fünfundzwanzig Jahre später ist es immer noch wie ein Elternhaus für uns. Es war, als hätten zwei Kinder-Lücken nur darauf gewartet, gefüllt zu werden, und wir passten perfekt hinein. Martha schaffte sich wieder eine Hündin an, einen schwarzweißen Spaniel diesmal, und wir nannten sie Zip. Sie war genauso lebhaft wie Flitzi und bald rannte sie neben Zac her und blickte bewundernd zu ihm auf. Außerdem entdeckten wir, dass Hunde zählen können, wenn auch wahrscheinlich nicht bis hundert.

Silas kam nicht ins Gefängnis, und nicht lange nach der Demonstration wurde die Kopfsteuer abgeschafft und die Plakate und Transparente wurden abgehängt. Wir haben immer noch unser Erinnerungsalbum und das Hundefoto, aber weder Zac noch ich haben seit jenem Nachmittag am Trafalgar Square nach unserer Mutter gesucht. Vielleicht werden wir es eines Tages tun, aber im Moment haben wir die Familie, die wir brauchen.

Martha war meine Inspirationsquelle. Ich bin zurück nach

London gezogen, wo ich als Illustratorin arbeite, aber nirgendwo bin ich lieber als bei Martha in ihrem Atelier. Sie malt immer noch, und auch wenn ihre Hände inzwischen nicht mehr so sicher sind, sind ihre Farben doch noch genauso kräftig.

Zac ist Lehrer geworden, er ist verheiratet und hat eine Tochter, Bonita. Er hat versprochen, mit ihr irgendwann nach Spanien zu fahren. Er ist der netteste Vater, den man sich vorstellen kann, und die Art von Lehrer, der die traurigen, missmutigen Kinder hinten im Klassenzimmer entdeckt und ihnen zu helfen versucht.

Die Stadt London hat Skilly House verkauft und es soll abgerissen werden, damit dort Wohnungen gebaut werden können. Letzte Woche haben wir uns zu einem Abschiedsfest getroffen. Silas und Hortense waren da, so warm und energisch wie immer, sie packten und planten und beluden den Tisch mit Essen. Der einzige Unterschied ist, dass sie vor ein paar Jahren geheiratet haben. Zac und ich waren ganz überrascht. Wir waren so mit unserem eigenen Leben beschäftigt, dass uns nie in den Sinn gekommen ist, dass auch Erwachsene Gefühle haben.

Mrs Clanks war auch da mit ihrem Mann Albert. Sie ist jetzt viel älter, aber sie hält immer noch den Rücken gerade und trägt eine Schleife im Haar. In einem ruhigen Augenblick nahm sie mich beiseite und zog zwei Umschläge aus ihrer Tasche.

»Ich dachte, die hättest du vielleicht gern«, sagte sie.

Und da waren die Briefe, die wir vor so vielen Jahren verfasst hatten, der rosa und der weiße Umschlag – so frisch, als wären sie erst gestern geschrieben worden. Ich musste sie nicht lesen, denn ich kannte sie auswendig, aber ich trug sie den ganzen Nachmittag über bei mir.

Zu dem Treffen kamen ganz viele ehemalige Kinder aus Skilly, einige von ihnen kannte ich, die meisten jedoch nicht, aber wir waren alle aus demselben Grund hier – weil Skilly ein Teil unseres Lebens gewesen war. Erstaunlicherweise war Jimmy da, groß und dünn und vor Leben nur so sprühend. Er erzählte mir, dass er in der Nacht, als er aus Skilly weggelaufen war, unter der Waterloo Bridge geschlafen hatte. Er hatte das Gefühl, zu alt für ein Kinderheim zu sein, aber er wusste auch nicht, wo er sonst hinsollte. In der zweiten Nacht stahl er eine Decke und geriet in eine Schlägerei; und in der dritten Nacht wurde er in ein Obdachlosenheim gebracht. Sein Leben ist turbulent verlaufen, aber die ganze Zeit über hatte er Kontakt zu Silas und Hortense. Er arbeitet jetzt mit jungen Leuten und hat endlich das Gefühl, den Kopf über Wasser halten zu können.

Wunderbarerweise war Pip ebenfalls gekommen. Ich habe mir oft Sorgen um das kleine traurige Mädchen hinter seiner Mauer gemacht, aber da war sie, lächelnd und glücklich, mit zwei kleinen Töchtern und ohne die Möglichkeit, eine Mauer zu errichten, weil ihre Mädchen einfach so zauberhaft sind. Wenn es je ein kleines Wunder gab, dann war es für mich der Anblick von Bonita, die mit den beiden kleinen Mädchen spielte, während Zac stolz danebenstand.

Der Garten von Skilly war ganz zugewachsen und voller Blumen und die Mauern waren fast völlig hinter Winden und Efeu verschwunden. Der Baum war in Stücke gesägt und aufgestapelt worden, und die Namen, die wir in die Rinde geritzt hatten, waren unter dem Haufen verschwunden.

Später machte Silas Feuer und wir versammelten uns darum – ein Ring aus Gespenstern, die die flackernden Flammen betrachteten, und ich musste an all die verlorenen Kinder denken, die in diesen Garten hinausgeblickt und sich gefragt hatten, was die Zukunft wohl bringen würde oder ob es überhaupt eine Zukunft für sie gäbe.

Ich ging zu Mrs Clanks und hielt ihr die Briefe hin. Sie nickte. Wir mussten nichts sagen. Wir nahmen jede einen Brief, knüllten ihn zusammen und warfen ihn ins Feuer. Sie rollten und drehten sich ein wenig, dann loderten sie auf und ihre Glut vermischte sich mit den Flammen.

Danksagung

Ich möchte meiner Agentin Gillie Russell für ihre Unterstützung und ihre Förderung danken und dafür, dass sie so viel möglich macht. Vielen Dank auch an das wunderbare Team von Nosy Crow – dafür, dass sie schon gleich zu Beginn an dieses Buch geglaubt, es ausgewählt und sich mit solcher Begeisterung dafür eingesetzt haben. Ich hätte mir nichts Besseres wünschen können. Einen Riesendank auch an Katie Harnett für ihre wunderschönen Illustrationen in der Originalausgabe.

Außerdem möchte ich meinen Freunden und meiner Familie für ihre Unterstützung danken, insbesondere Paul, Hilary und Kate für ihre geduldige Ermutigung, Phoebe für ihren hervorragenden Rat und Tess, weil sie immer für frischen Wind sorgt.

Schließlich danke ich Rosie und Oliver dafür, eine stete Quelle der Inspiration – und Ablenkung – zu sein, und dafür, meine Launen zu ertragen (entschuldigt den Spinatvorfall). Vielen Dank auch an Duncan dafür, dass er Vertrauen in mich und meine Geschichten hatte, selbst als es so aussah, als würde überhaupt nichts daraus.

Klangstürme

Götterspeise

Leselächeln

WONNEWILD

HIRNHONIG

Seelensalz

DUNKELSTUNDE

Sternenblick

GOLDGLÜHEN

WORTRAUSCH

Seligsuche

UNVERGÄNGLICHE FREUNDSCHAFT

Dan Gemeinhart
Die wirkliche Wahrheit
Hardcover
256 Seiten
ISBN 978-3-551-56015-5

Mark ist ein ganz normaler Junge. Eigentlich. Er hat einen Hund namens Beau und eine beste Freundin namens Jessie. Er fotografiert gerne und träumt davon, eines Tages einen Berg zu besteigen. Aber in einer Hinsicht ist er anders. Mark ist krank. Krankenhaus krank. So krank, dass er vielleicht nicht wieder gesund wird. Mark haut ab – Beau immer an seiner Seite. Im Gepäck seine Kamera, sein Notizbuch und einen Plan, wie der den Gipfel von Mount Rainier erreichen kann. Und wenn es das Letzte ist, was er tut. Eine Geschichte über einen Jungen, der einen Berg besteigt, über ein Mädchen, das zurückbleibt und über stillen Mut, Entschlossenheit und den treusten Hund der Welt.

KÖNIGSKINDER www.koenigskinder-verlag.de

ES IST EIGENTLICH KEIN ABC

Kate de Goldi
Die Anarchie der Buchstaben
Hardcover
160 Seiten
ISBN 978-3-551-56003-2

Jeden Donnerstag besucht Perry ihre Oma im Heim Santa Lucia. Oma weiß nicht immer, wer Perry eigentlich ist, und außerdem findet sie, Perry sei ein Jungenname. Aber Perry macht das nichts aus. Und dann hat sie diese gute Idee mit dem ABC! Ein Buch über alle und alles in Santa Lucia, bei dem Oma und die anderen mitmachen sollen. Es geht zwar etwas durcheinander, und das Ganze wird eher ein ACB oder ein ABV. Aber ein bisschen Anarchie hat noch niemandem geschadet.

KÖNIGSKINDER www.koenigskinder-verlag.de

MIX
Papier aus verantwortungsvollen Quellen
FSC® C014496
www.fsc.org

www.koenigskinder-verlag.de

Originalverlag: Nosy Crow Ltd, The Crow's Nest, 10a Lant Street,
London, SE 1 1QR, UK
Originaltitel: Little Bits of Sky
Umschlaggestaltung und -typografie: Suse Kopp
Umschlagfotografie (Mädchen auf Fensterbank):
© plainpicture / Elise Ortion Campion
Umschlagfotografie (Baum): © Valerie Abma / EyeEm / Getty Images
Aus dem Englischen von Katharina Diestelmeier
Lektorat: Maya Geis
Herstellung: Gunta Lauck
Satz: Pinkuin Satz und Datentechnik in der Prinzessinnenstraße in Berlin
Druck: GGP Media GmbH, Pößneck
ISBN: 978-3-551-56030-8
Printed in Germany